BOOQUEL

Die mecklenburgischen Landarbeiter Marie und Hans Sievers wandern im Sommer 1881 mit ihren Kindern in der Hoffnung auf ein besseres Leben nach Amerika aus. Sie gehören zu den vielen deutschen Auswanderern, die von der US-Regierung kostenloses Ackerland in den Weiten Nord-Dakotas erhalten.

Doch der Anfang in der neuen Umgebung ist schwerer als gedacht: Das Wetter ist unberechenbar und die Felder der Neuankömmlinge werden von Feuer und Heuschrecken heimgesucht. Einige der anderen Siedler schrecken zudem vor nichts zurück, um ihre Ziele zu erreichen oder alte Rechnungen zu begleichen.

Mit *Hoffnung ist ein weites Feld* beginnt eine Reihe von Auswanderer-Krimis, die dem Leben der Familie Sievers sowie ihrer Verwandten, Freunde und Nachbarn von den 1880er Jahren bis ans Ende des Zweiten Weltkriegs folgen.

Als Beigabe enthält das Buch einen Code zum kostenlosen Herunterladen der E-Book-Version.

Autor **Kai Blum** wurde 1969 in Rostock geboren und hat in Leipzig Germanistik, Geschichte und Amerikanistik studiert. Nebenher schrieb er dort für eine Lokalzeitung. 1994 wanderte er in die USA aus und wohnte anfangs in Washington, D.C. und später in Virginia sowie South Dakota.

Seit Ende der Neunziger Jahre lebt er in Michigan. Beruflich war er bisher u.a. im Buchhandel, in einer Bibliothek und vor allem im Internet-Bereich tätig. Gegenwärtig leitet er bei einer PR-Agentur in Detroit den Bereich Suchmaschinen-Marketing.

Kai Blum erhielt Anfang 2006 die amerikanische Staatsbürgerschaft.

Kai Blum

Hoffnung ist ein weites Feld

Erster Teil des Auswanderer-Krimis

1. Auflage 2013

www.booquel.de

Lektorat: Ulrike Ritter
Einbandgestaltung: Nancy Waters
Satz: David Janik
Druck & Verarbeitung: CPI Ebner & Spiegel, Ulm

Printed in Germany

ISBN 978-3-943176-59-9

Das Einbandmotiv stammt aus der Library of Congress Prints and Photographs Division Washington, DC, und zeigt eine Szenerie aus dem Pennington County, South Dakota, um 1900.

Inhalt

eBOOQUEL

Kostenlose E-Book-Version inklusive!

So erhalten Sie Ihr E-Book:

1. Rufen Sie die Internetseite www.booquel.de/ebook auf.
2. Dort wählen Sie Ihr gewünschtes E-Book-Format und tragen Ihre E-Mail-Adresse und folgenden Code ein:

pe78KeOXJnMD

3. Das E-Book oder ein Download-Link wird an Ihre E-Mail-Adresse geschickt. Sie müssen das E-Book dann nur noch herunterladen und/oder auf Ihr Lesegerät übertragen.
4. Wir wünschen viel Freude beim Lesen.

Jedes bei BOOQUEL erscheinende Print-Buch enthält einen individuellen Code für eine kostenlose E-Book-Version. Die notwendigen Voraussetzungen und alle Informationen finden Sie auf der Verlagsseite unter www.booquel.de.

Tod

Heiligabend 1881.
Himmelsfeld, Nord-Dakota

Hans Sievers stürmte die Außentreppe an der Rückseite des Hauses hinauf. Hierher waren die Flammen noch nicht gelangt. Er rutschte auf den schneebedeckten Stufen aus, fing sich wieder und erreichte mit Müh und Not die Tür zur Wohnung über dem Laden. Als er sie öffnete, schlug ihm starker Rauch entgegen.

Er rief mehrmals den Namen seines Onkels. Keine Antwort.

Halb gebückt, einen Arm schützend vor dem Gesicht, wagte er sich hinein in den rabenschwarzen, verqualmten Gang. Weit kam er nicht: Er stolperte und stürzte.

Nach einem Moment der Besinnung tastete er nach dem Hindernis am Boden. Er erschrak heftig, als seine

Hände zuerst eine Nase und dann einen Mund mit Bart berührten.

Hans rang nach Luft. Er kroch um den leblosen Körper herum, hob ihn an den Schultern ein wenig an, griff ihm von hinten unter die Arme und zog ihn mit letzter Kraft in Richtung Tür. Als er sie schließlich erreicht hatte und ihm das Schneegestöber in den Nacken peitschte, sank er erschöpft auf dem Treppenabsatz auf die Knie.

Der Onkel begann röchelnd nach der kalten Luft zu schnappen. Sein weißes Hemd war über dem Bauch blutgetränkt. Die großen Schneeflocken, die darauf landeten, färbten sich in Sekundenschnelle rot. Er flüsterte etwas. Hans beugte sich dicht an den Mund des Verletzten, aber er verstand nur Bruchstücke:

»Clara ... das Kind ... du musst ...«

Dann nichts mehr. Kein Flüstern, kein Röcheln. Nur das Geräusch des Windes, der den Schnee gegen die Hauswand trieb.

Hans richtete sich auf. Sein Onkel lag tot vor ihm, den Kopf leicht zur Seite gerollt und die Augen weit aufgerissen.

Neubeginn

Etwa ein halbes Jahr früher,
26. Juli 1881

Die Bremsen quietschten ohrenbetäubend und der Zug begann heftig zu ruckeln. Marie Sievers öffnete die Augen und schloss sie schnell wieder, geblendet vom grellen Sonnenlicht. Sie fuhr sich mit der Hand über die Stirn und wusste nicht, wie lange sie geschlafen hatte. Ihr war, als hätte sie auf der wochenlangen Reise jedes Zeitgefühl verloren.

Hans war schon auf den Beinen. Er hielt Emma auf dem Arm und bemühte sich, das Gleichgewicht nicht zu verlieren. Als er sah, dass Marie wach war, setzte er ihr die Kleine auf den Schoß. Das Mädchen schmiegte sich an Marie, die schlaftrunken wahrnahm, wie Hans damit anfing, die schweren Gepäckstücke zur bereits weit geöffneten Tür des umgebauten Güterwaggons hin zu wuchten, und wie ihr Sohn Martin seinem noch schlafenden Bruder Christian in die Rippen stieß: »Los, wir müssen raus!«

Auch die anderen Fahrgäste waren hektisch mit dem Aussteigen beschäftigt, obwohl Eile eigentlich nicht geboten war, denn die Fahrt endete hier – weiter nach Westen waren noch keine Schienen verlegt worden. Aber nach der langen Reise konnten es alle kaum erwarten, endlich am Ziel zu sein.

Wenige Minuten später standen Hans und Marie Sievers mit ihren Kindern und ihrem wenigen Gepäck auf dem schattenlosen Platz neben dem Zug. Ein Bahnhofsgebäude gab es nicht. Die Präriesonne sengte auf sie herab und der heiße Wind blies ihnen unablässig Staub von den umliegenden Feldern in die Augen.

Die anderen Leute, die meisten ebenfalls Familien mit kleinen Kindern, schleppten mühsam ihre Sachen an ihnen vorbei; ihr Ziel war eine aus groben Brettern gezimmerte Baracke, über deren Eingang ein Schild mit der Aufschrift *Land Office* angebracht war.

Hans schob sich die Mütze ins Genick, blickte sich um und sagte entschlossen: »Wartet hier! Ich werde mal schauen, ob uns jemand mitnehmen kann.«

Zielstrebig marschierte er los. Er wusste wohin: Kurz vor dem Halten des Zuges hatte er ein Dutzend Pferdefuhrwerke vor einem Getreidehandel stehen sehen. Dort wollte er fragen gehen.

Als er sich dem Gebäude näherte, stellte er überrascht fest, dass sich die wartenden Bauern, deren Wagen bis zum Brechen mit Getreide beladen waren, auf Deutsch unterhielten. Nach den Gesprächsfetzen zu urteilen, ging es um Weizenpreise. Die Männer riefen in verschiedenen Mundarten wild durcheinander.

Als sie Hans wahrnahmen, hielten sie inne. Auf einen Schlag waren alle Blicke auf ihn gerichtet und er fragte daher unverzüglich mit lauter Stimme: »Fährt hier vielleicht jemand nach Himmelsfeld?«

Ein Bauer, der sich gerade anschickte, seine Pferde zum Getreideschuppen hinaufzuführen, winkte ihn heran.

»Konrad Meier«, stellte er sich vor, als Hans vor ihm stand und zu ihm hinunterschaute. Er war kaum größer als ein zwölfjähriger Junge und hatte eine recht hohe Stimme, fast wie eine Frau. Das passte so gar nicht zu seiner Glatze, die zum Vorschein kam, als er seinen Strohhut abnahm und sich mit einem Tuch über den verschwitzten Kopf wischte.

»Angenehm, Hans Sievers. Du wohnst in Himmelsfeld?«

»In der Nähe.«

»Kannst du uns vielleicht mitnehmen?«

»Uns?«

»Meine Familie und mich. Wir sind zu fünft.«

»Gerade erst angekommen?«

»Vor ein paar Minuten.«

»Und woher kommt ihr?«

»Aus Mecklenburg«, antwortete Hans, nicht ganz sicher, ob der kleine Bauer sie nun mitnehmen würde.

»Haben die dich also auch bequatscht, herzukommen«, schmunzelte Konrad Meier.

Hans wusste, wer *die* waren: Die Werber der Eisenbahngesellschaften, die den Einwanderern bereits im Hamburger Hafen und dann auch gleich nach dem Anlegen in New York preiswertes Ackerland und hervorragendes Wetter im Dakota-Gebiet versprachen. Hans war diesen Leuten mehrmals in die Arme gelaufen, allerdings musste er nicht mehr überredet werden: Er wollte sowieso hierher. Schließlich wohnte hier schon sein Onkel, der ihn seit Langem gedrängt hatte, ebenfalls auszuwandern, und der bereits ein gutes Stück Land für ihn ausgesucht hatte.

»Ich komme aus der Altmark«, sagte Konrad Meier und riss Hans aus seinen Gedanken. »Bin seit drei Jahren hier.« Er behielt den Eingang des Getreideschuppens im Auge. »Viel, viel Arbeit, aber ich bin mein eigener Herr.« Mit diesen Worten setzte er seine Pferde in Bewegung. »Wenn ich den Weizen hier abgeliefert habe, nehme ich euch auf meinem Wagen mit. Himmelsfeld liegt auf dem Weg zu meiner Homestead.«

Hans war erleichtert. Onkel Karl hatte ihm in seinem letzten Brief geraten, beim Getreidehandel nach Bauern aus der Umgebung zu fragen. Ein guter Rat, wie sich erwiesen hatte. Was für ein Glück, dass der Onkel schon hier war und sich so gut auskannte! Das sollte eigentlich auch Marie beruhigen, die nur widerwillig mit nach Amerika gekommen war.

Konrad führte die beiden Gäule, die den schweren Wagen zogen, langsam die Rampe hinauf zum Eingang des Schuppens. Hans begleitete ihn neugierig.

Der Getreideaufkäufer war ein großer, dürrer Mann.

»Das ist Ingo Helmerson«, stellte Konrad den hageren Dänen vor.

»Hans Sievers.«

»Immer mehr Deutsche«, schmunzelte Ingo Helmerson und fragte nach dem Woher und Wohin.

»Mecklenburg? Sind da überhaupt noch Leute übrig oder sind jetzt alle hier?« Ingo Helmerson sprach tadellos Deutsch. Bevor Hans etwas antworten konnte, hatte sich der Getreideaufkäufer bereits abgewandt. »So, dann mal los!«, kommandierte er Konrad, der sofort damit begann, die Weizensäcke abzuladen. Hans half ihm dabei. Nächstes Jahr werde ich hier auch meine Ernte abliefern, freute er sich.

Auf dem Weg zum Bahnhof hielten sie bei einem Holzhandel. Dort kaufte Konrad zwei Dutzend Bretter.

»Das ganze Holz muss von den Großen Seen herangeschafft werden und ist schweineteuer, das kann ich dir sagen«, erklärte er beim Aufladen.

Hans dachte an die Waggons voller Bretter und Balken, die an das Ende ihres Zuges angehängt gewesen waren.

»Gott sei Dank!«, entfuhr es Marie, als sie Hans auf dem Wagen zurückkommen sah. Er saß neben einem freundlich aussehenden Mann, der wohl einige Jahre älter und zwei Köpfe kleiner als Hans war und die ganze Zeit redete. Hans nickte hin und wieder, während er sich vom Kutschbock aus aufmerksam die Gegend anzusehen schien.

Als sie ihren Vater entdeckten, sprangen Martin und Christian auf und liefen dem Wagen aufgeregt entgegen. Emma spielte weiter gedankenverloren im Sand. Die Kinder waren der einzige Grund, warum Marie sich letztendlich doch hatte überreden lassen, nach Amerika auszuwandern. Sie sollten einmal ein besseres Leben haben. Aber war es wirklich die richtige Entscheidung gewesen, die Heimat zu verlassen? Die Zweifel kamen schon wieder. Ihre Eltern hatten sie gewarnt, dass Karl Wolter ein gewaltiger Aufschneider war, dem man besser nicht alles glaubte, was er den lieben langen Tag von sich gab. Hatte er ihnen in seinen Briefen tatsächlich zu viel versprochen?

Marie stand auf, als das Fuhrwerk mit den beiden Männern vor ihr hielt. Hans schaute sie fragend an. Hatte er ihr etwas angemerkt? Sie wollte ihm mit ihren Sorgen nicht zur Last fallen. Denn nun war ja doch nichts mehr zu ändern. Jetzt waren sie hier und ein Zurück kam nicht infrage. Sie lächelte Hans an und spürte, wie erleichtert er daraufhin war.

»Mein lieber Mann«, murmelte Konrad, als er Marie erblickte. Er dachte an seine Christine. Der schwere Anfang hier hatte sie sehr mitgenommen und sichtbare Spuren hinterlassen. Die Hoffnung auf Nachwuchs hatte er mittlerweile auch begraben und er fragte sich manchmal, ob der Preis der Auswanderung nicht zu hoch gewesen war.

Nach dem Aufladen des Gepäcks hob Hans die Kinder in den Kastenwagen und half Marie, auf den Bündeln einen halbwegs bequemen Platz zum Sitzen zu finden. Schließlich begab er sich wieder nach vorn zu Konrad auf den Kutschbock und die Pferde setzten sich langsam in Bewegung.

»Warum wollt ihr denn eigentlich nach Himmelsfeld?«, erkundigte sich Konrad.

»Mein Onkel wohnt dort«, erwiderte Hans. »Vielleicht kennst du ihn ja, er heißt Karl Wolter.«

»Und ob ich den kenne!« Konrads Stimme klang in diesem Moment noch ein wenig höher als zuvor und Hans sah, wie sich der Blick des kleinen Bauern für eine Sekunde lang verdunkelte. Aber er wollte lieber nicht fragen, warum. Jetzt war er erst einmal froh, dass ihn jemand nach Himmelsfeld mitnahm.

Die von der Hitze geplagten Gäule trotteten den staubigen Feldweg entlang.

»Gab wohl lange keinen Regen?«

»Von wegen! Heute Morgen hat es wie aus Eimern gegossen. Aber bei der Hitze sieht es zwei Stunden später wieder so aus, als habe es seit Wochen nicht geregnet.« Konrad seufzte.

»Aber das ist gar nichts im Vergleich zu den Wintern«, fuhr er nach einigen Augenblicken des Schweigens fort. »So viel Schnee wie hier habe ich in meinem ganzen Leben noch nicht gesehen!«

Hans nickte. Auch davon hatten sie schon aus den Briefen des Onkels erfahren.

Marie hatte gehofft, dass die Schilderungen der schneereichen Winter zu jenen Übertreibungen gehörten, mit denen Karl Wolter oft dick auftrug. Dass das Gegenteil der Fall war, konnte sie nicht ahnen. Karl hatte nichts von den wirklichen Schrecken des Winters, von Hunger, Kälte und Tod, geschrieben und auch Konrad wollte jetzt lieber nicht weiter daran denken, geschweige denn versuchen, diesen Neuankömmlingen zu erklären, was da auf sie zukam. Sie waren ohnehin viel zu sehr damit beschäftigt, sich die Gegend anzusehen und gegenseitig auf Besonderheiten hinzuweisen.

Das Land war flacher als zu Hause und die Felder schienen endlos. Keine Spur von einem Wald, wohin sie auch blickten. In großen Abständen ragten Häuser mit Scheunen und Ställen aus den Weizenfeldern hervor. Oft stand ein Windrad auf langen Stelzen neben den Gebäuden. Konrad erklärte, dass damit das Wasser aus den Brunnen gepumpt wurde. Sandige Wege, die schnurgerade die Felder durchzogen, führten zu den Höfen.

»Dörfer wie zu Hause gibt's hier nicht.« Konrad trank einen Schluck Wasser und reichte die Flasche an

Hans weiter. »Hier musst du mitten auf deinen Feldern wohnen, fünf Jahre lang, dann gehört die Homestead endgültig dir.«

»Was gehört mir?«

»Die Homestead. So nennt man hier das Stück Land, das du bekommst und wo du dein Haus bauen musst.«

Ja richtig, davon hatte der Onkel geschrieben, nur dass das Wort anders klang, als er gedacht hatte. Hans hielt sich die Hand über die Augen, um sie vor der Sonne zu schützen, und sah sich um: Die Häuser waren alle aus Holz und weiß gestrichen, die Scheunen zumeist dunkelrot. Keine Ziegelsteine weit und breit. Strohdächer wie zu Hause konnte er auch nicht entdecken. Um die meisten Gehöfte herum waren junge Bäume in zwei oder drei Reihen gepflanzt worden. Er fragte Konrad, was es damit auf sich hatte.

»Hier gab's früher nicht einen einzigen Baum«, erklärte dieser. »Nur Gras, von einem Ende des Horizonts zum anderen.« Er ließ seinen Blick über die Weizenfelder streichen, über denen die heiße Luft flimmerte. »Die Bäume sollen die Häuser in ein paar Jahren vor Schneestürmen schützen. Und Schatten spenden im Sommer.« Er wischte sich den Schweiß von der Stirn. »Diese verfluchte Hitze!«

Nach einer Weile gab es keine Häuser und Weizenfelder mehr, sondern nur noch winzige Hütten und kleine Ackerflächen inmitten von hüfthohem Präriegras, in dem vereinzelt Kühe und Pferde grasten oder Bauern mit Ochsengespannen pflügten. Hans konnte sich nicht sattsehen an der schwarzen Erde, die viel fruchtbarer als der braune Boden in der Heimat ausschaute.

»Diese Leute hier sind auch alle erst vor ein paar Wochen angekommen«, meinte Konrad. »Zu spät für die Aussaat, aber genug Zeit, um noch reichlich Gras unterzupflügen.«

»Das sind ja merkwürdige Häuser!« Christian war auf der Ladefläche nach vorn gekrochen und stand jetzt gleich hinter den Männern.

Konrad wandte sich dem Jungen zu: »Wie schon gesagt, Bäume gab's hier nicht und Holz ist sehr teuer. Die meisten Leute bauen deshalb erst mal eine Erdhütte.«

Er beschrieb, wie man das macht: »Zuerst mähst du das Gras. Dann reißt du den Boden mit dem Pflug auf und stichst mit dem Spaten armlange Erdblöcke zurecht. Die vielen Graswurzeln halten die Erde zusammen wie Kleister. Man kann diese Blöcke ganz einfach zu Wänden aufstapeln.«

Er sah Hans an und drehte sich dann zu Marie um. »Ihr glaubt gar nicht, wie die dicken Wände im Winter die Hütte warm halten und im Sommer schön kühl. Na, ihr werdet schon sehen!« Er nahm den Hut ab und fächelte sich Luft zu.

»Ach ja, das Dach ist selbstverständlich aus Brettern und obendrauf kommt Dachpappe und eine Schicht aus dünnen Grasplatten.«

Wenn Konrad erst einmal zu reden anfing, war er nicht mehr zu bremsen: »Einen Brunnen solltest du auch gleich graben. Zwei Ochsen und eine Kuh musst du natürlich kaufen und einen Pflug und Saatgut. Dann pflügst du so viel Land wie möglich. Die Hütte baust du nebenbei. Und einen Stall mit Heuschober, und zwar gleich ans Haus, so sparst du eine Wand. Wenn du später mehr Geld hast, kannst du ein richtiges Haus bauen. Da fange ich gerade mit an.« Er deutete auf die Bretter im Wagen.

Kurz darauf hielten sie bei den Johannsons, die vor zwei Jahren aus Norwegen gekommen waren. Konrad Meier tränkte die Pferde und die Reisenden nahmen von dem Kuchen, den ihnen die netten Eheleute, die auch zwei Jungen und ein Mädchen hatten, anboten. Marie war froh, ein paar Minuten im Schatten sitzen zu können, während Ole Johannson ihrem Mann den Hof zeigte. Konrad begleitete die beiden und unterhielt sich mit dem Norweger auf Englisch. Dabei fiel der Name Karl Wolter und Ole Johannson sah Hans eine Sekunde lang skeptisch an. Der fragte sich, wie das wohl zu deuten sei. Konrad Meier hatte auch schon so merkwürdig reagiert, als er den Namen des Onkels gehört hatte. Hans hatte allerdings keine Gelegenheit, weiter darüber nachzudenken, denn die Führung über den Hof nahm seine Aufmerksamkeit voll und ganz in Anspruch.

Die Johannsons bewohnten ein Haus, das aus Grasblöcken errichtet war, so, wie es Konrad beschrieben hatte. Beim Betreten des Hauses betrachtete Hans im Eingangsbereich die Wände aus der Nähe. Sie waren wirklich unheimlich dick und innen mit Lehm verputzt sowie mit Kalk geweißt worden. Der Fußboden bestand aus festgetretener Erde.

An das Haus hatte Ole Johannson einen Heuschober gebaut. Einige Schritte entfernt gab es einen Stall, ebenfalls aus Erdblöcken errichtet, und einen kleinen Fluss, an dessen Ufer etwas Gestrüpp wuchs. Ein halbes Dutzend Kühe hatte dort Zuflucht vor der Sonne gesucht.

Ole Johannson war gerade dabei, einen Schweineauslauf einzuzäunen. Als er Konrad Hafer für die Pferde zum Verkauf anbot und die beiden über den Preis verhandelten, lehnte sich Hans an einen der Zaunpfähle und träumte davon, in zwei, drei Jahren auch so einen Hof zu besitzen.

Zum Abschied reichte ihm Ole Johannson die Hand und gab dem deutschen Neuankömmling einige Worte auf Englisch mit auf den Weg. Konrad übersetzte: »In Norwegen hatte ich nichts, und jetzt habe ich diesen Hof. Du wirst es auch nicht bereuen, dass du nach Amerika gekommen bist.«

Wieder auf dem Wagen unterwegs, meinte Konrad: »Ich habe noch nie einen Menschen mit so einer Arbeitswut gesehen. Wir schuften ja alle bis zum Umfallen, aber was der Ole hier in zwei Jahren aufgebaut hat, ist schon fast unheimlich.«

Na, dann warte mal, bis ich loslege, dachte Hans. Er drehte sich zu Marie um. Sie lächelte und strich Emma über den Kopf. Martin und Christian ließen ihre Beine hinten vom Wagen baumeln.

Am späten Nachmittag tauchten am Horizont einige dunkle Punkte auf, die sich gegen den hellblauen Himmel abhoben.

»Das da hinten ist Himmelsfeld.« Konrad deutete mit einer leichten Kopfbewegung in Richtung des noch kaum erkennbaren Ortes.

Die Kinder versuchten, unter dem Kutschbock und durch die Beine der beiden Männer hindurchzublicken.

»Noch macht der Ort nicht viel her«, sagte Konrad. »Aber falls man eurem verehrten Herrn Onkel glauben darf, dann fährt die Eisenbahn ab nächstes Jahr durch Himmelsfeld.« Er lachte. »Und wenn nicht, dann können dort alle einpacken.«

Er erklärte sogleich in allen Einzelheiten, dass die fünfzehn Meilen weiter nördlich gelegene Stadt Miller ebenfalls den Anschluss an die Bahn wolle, wenn deren Bau nach Westen hin im Frühjahr fortgesetzt wird.

Es wäre eine Frage des Überlebens für beide Städte, denn durch die niedrigeren Transportkosten sei in Orten mit Bahnanschluss alles wesentlich billiger, sodass die Bauern der Umgebung dann alle dort einkaufen würden.

Um die *Dakota Railroad Company* günstig zu stimmen, hätten die Bewohner von Miller, das müsse man sich einmal vorstellen, ihre Stadt kurzerhand nach dem Vermessungsingenieur der Bahngesellschaft benannt.

Als sie Himmelsfeld fast erreicht hatten, stand Marie ebenfalls auf, um die Stadt zu sehen. Hans hörte, wie sie etwas flüsterte: »Um Gottes willen.« Er ahnte, was ihr durch den Kopf ging. Auch er hatte sich den Ort anders vorgestellt. Nichts als eine einzige breite Straße mit nur drei Gebäuden auf jeder Seite, umgeben von Präriegras und Feldern. Sicher, der Ort war gerade einmal zwei Jahre alt, aber den Briefen des Onkels nach zu urteilen, schien es sich doch um die wichtigste Stadt weit und breit zu handeln. Dass Himmelsfeld viel kleiner als das heimatliche Dorf sein würde, war nun wirklich nicht zu erwarten gewesen. Marie kamen wieder die Warnungen ihrer Eltern in den Sinn. Sie hatten recht gehabt: Karl Wolter war tatsächlich ein gewaltiger Aufschneider!

Konrad steuerte auf ein zweigeschossiges Haus mit der Aufschrift *Wolter's General Store* zu und noch bevor sie hielten, kam Karl Wolter aus der Ladentür geschossen und war sogleich am Wagen. »Hans, mein Junge!« Freudig ergriff er den Arm seines Neffen. Als das Fuhrwerk gehalten hatte, begrüßte er auch Marie und die Kinder. »Schön, dass ihr endlich da seid!«

»Clara!«, rief er zum Laden. »Sie sind hier!«

Konrad band die Pferde an und lud mit Hans und Karl das Gepäck vom Wagen. Karl, ein Hüne mit tiefer Stimme, weißem Haar und grauem Vollbart, fragte den kleinen Konrad dabei scheinbar beiläufig: »Du hast wohl Weizen abgeliefert?«

Konrad murmelte: »Ja.«

Karl hielt beim Abladen inne und sah Konrad prüfend an: »Hast alles gleich für Bretter ausgegeben?«

»Du bekommst ja dein Geld«, erwiderte Konrad leise und vermied es, Karl in die Augen zu blicken.

Marie bemerkte sofort den gespannten Ton. Hans jedoch bekam das nicht mit, er freute sich viel zu sehr, hier in der Fremde endlich das vertraute Gesicht des Onkels zu sehen. Vier Jahre war es her, seit er ihn zum letzten Mal gesehen hatte. Er ist alt geworden, dachte Hans. Und trotzdem: Der Onkel schien immer noch den jugendlichen Schwung zu haben, der die ganze Familie mütterlicherseits auszeichnete.

Hans schaute sich um: Alle Gebäude hatten weiß gestrichene Bretterfassaden. Der *General Store* seines Onkels war mit seinen zwei Geschossen und der breiten Ladenfront das größte Haus auf dieser Seite der weitläufigen Straße. Das höchste Bauwerk der jungen Stadt stand genau gegenüber. Es wirkte mit seinen drei Stockwerken irgendwie fehl am Platz. Eine massive schwarze Aufschrift wies das Gebäude als *Hotel* aus. Daneben kauerten zwei einstöckige Häuser: die *Dakota Bank* und weiter rechts ein *Hardware Store,* vor dem zwei Männer damit beschäftigt waren, einen gusseisernen Herd auf einen Ochsenkarren zu wuchten. Gleich neben Onkel Karls *General Store* befanden sich ein *Drug Store* und ein im Bau befindliches

Haus, von dessen Dach eifriges Hämmern zu hören war. Ein junger Mann mit Schnauzbart nagelte dort Dachpappe fest. Er winkte den Neuankömmlingen kurz zu und arbeitete dann unverzüglich weiter.

Die staubige Straße war von vielen Wagenspuren zerfurcht. Karl Wolter legte einen Arm um die Schultern seines Neffen. »Das ist die Main Street von Himmelsfeld, mein Junge. Hierher kommen die Bauern zum Einkaufen. Der einzige Ort im Umkreis von dreißig Meilen nach Westen und Süden hin!«

Während Karl davon sprach, dass Hans hier das zukünftige Stadtzentrum sehe, kam Clara, eine junge Frau mit hochgesteckten blonden Haaren, lächelnd aus dem Laden. Karl stellte sie vor, obwohl das eigentlich nicht nötig war, denn Hans und Marie kannten sie noch von früher.

27. Juli 1881

Als Hans am nächsten Morgen erwachte, hörte er draußen Pferde schnaufen und ein Fuhrwerk vorbeirollen. Ein Mann fluchte kurz. Ansonsten war es ruhig. Marie und die Kinder schliefen noch. Hans stieg aus dem Bett und trat leise ans Fenster. Über der schier endlosen Prärie ging die Sonne auf.

Amerika! Wie würde das Leben hier werden? Heute wird er seinen eigenen Hof bekommen. Nun ja, Hof war sicher zu viel gesagt, denn den musste er erst einmal aufbauen. Alles, was er erhielt, war ein Stück Prärieland. Ackerland war das auch noch nicht, aber immerhin würde es ihm gehören.

Er stand zweifellos vor der größten Herausforderung seines Lebens und das Wohl seiner Familie hing davon ab, ob er sie meisterte. Vielleicht hätten sie doch lieber in Hungerstorf bleiben sollen? Aber dort war alles nur vergebene Müh. Dort gehörte ihnen nichts, nicht mal das bisschen Land für den Garten und der Katen auch nicht, von einem eigenen Pferd und Wagen ganz zu schweigen. Nur ein paar Hühner und eine alte Kuh. Immer waren sie auf den Gutsherrn angewiesen gewesen. Wie oft hatte Hans bei der Arbeit auf dessen Feldern daran gedacht, dass auch die Kinder niemals etwas Eigenes haben würden.

Es gab nur einen Ausweg: nach Amerika! Davon sprachen alle im Dorf. Eigene Felder! Einfach so. Man konnte es kaum glauben. Dazu ein Haus und eine Scheune und etwas Vieh. Was braucht der Mensch mehr zum Glück?

Viele hatten schon Verwandte in Amerika und warteten ungeduldig darauf, nachreisen zu können. Die meisten konnten jedoch das Geld für die Überfahrt nicht selbst aufbringen und mussten deshalb hoffen, dass ihre Verwandten ihnen die Schiffsfahrkarten schicken würden. Nicht wenige Briefe aus Amerika wurden mit zitternden Fingern geöffnet.

Eines Tages war es für Hans so weit und er hielt die Fahrkarten, die ihm sein Onkel bezahlt hatte, in den Händen. Er hätte sofort alles stehen und liegen lassen können, jedoch musste er erst Marie von der Auswanderung überzeugen. Marie wollte ihre Eltern und Geschwister nicht für immer zurücklassen. Aber schließlich sah sie doch ein, dass die Kinder es nur in Amerika besser haben würden.

Ehrlich gesagt ging es ihm ebenso um seine eigene Zukunft. Er wollte es zu etwas bringen, so wie sein Onkel. Er wollte keinen Gutsherrn mehr wegen jeder Kleinigkeit um Erlaubnis fragen müssen.

»Das Leben hier ist hart«, hatte Karl geschrieben, »aber jedermann ist sein eigener Herr.« Und er lebte in einem Ort namens Himmelsfeld, nicht Hungerstorf.

Auch Karl lag zu diesem Zeitpunkt hellwach im Bett und freute sich, dass es ihm endlich gelungen war, einen seiner Verwandten nach Himmelsfeld zu holen. Er dachte an die zurückliegenden zehn Jahre, die er nun schon in Amerika war. Gleich nach der Ankunft in New York wurde seine Frau Caroline schwer krank und starb nach drei Tagen an hohem Fieber. Niemand konnte genau sagen, woran sie erkrankt war.

Nachdem er sein ganzes Geld für den Arzt und das Begräbnis ausgegeben hatte, arbeitete er einige Monate mit vielen anderen mittellosen Einwanderern im New Yorker Hafen. Sein Leben bestand nur aus Arbeiten und Schlafen. Er wollte nicht darüber nachdenken, was geschehen war. Deshalb schuftete er bis zur Erschöpfung. Keine Zeit zum Grübeln.

Im Frühjahr 1872 ließ er sich von den Werbern der Eisenbahngesellschaft eine Fahrkarte nach Nebraska ausstellen. Er erhielt kostenloses Land und kaufte sich von dem in New York ersparten Geld zwei Pferde, einen Pflug und Baumaterialien. Um dem Kummer auch weiterhin zu entfliehen, stürzte er sich erneut mit ganzer Kraft in die Arbeit und nach fünf harten Jahren gehörte die Farm endgültig ihm. Seine Ernteerträge waren so gut, dass er noch Land dazukaufen konnte und sich die Fläche seiner Felder mehr als verdoppelte.

Aber wozu das alles? Er fühlte sich einsam. Als er davon hörte, dass ein anderer deutscher Farmer, der ebenfalls Witwer war, wieder geheiratet hatte – nämlich eine Frau, die er sich aus seinem Heimatdorf nach Amerika geholt hatte – und sogar bald Vater wurde, beschloss Karl, seiner alten Heimat ebenfalls einen Besuch abzustatten.

Die Verwandten und Bekannten begrüßten ihn mit Neugier und er wurde nicht müde, ihre vielen Fragen zu beantworten und Amerika anzupreisen. Schon fast vergessen hatte er die Unfreiheit, die daheim herrschte. Alle zogen vor dem Gutsherrn die Mütze. Das wäre ihm jetzt im Traum nicht mehr eingefallen. In Amerika war niemand, den er ehrfürchtig grüßen musste.

Karl erkannte, dass es an der Zeit war, Verwandte nachzuholen. Sein aufgeweckter Neffe Hans schien ihm für einen Neuanfang in Amerika am besten geeignet zu sein. Allerdings hatte Hans kein Geld für die Überfahrt und auch er verfügte damals nicht über ausreichende Mittel, um den Jungen gleich mitzunehmen. Das Geld reichte nur für die gemeinsame Rückfahrt mit einer Braut, denn die zu finden, war ja der eigentliche Sinn seiner Reise.

Beim Erntefest traf er auf die schöne Clara aus Faulenrost. Sie war dort mit Joachim Möller, von dem sie ein Kind erwartete und den sie schon bald heiraten sollte. Der künftige Ehemann war jedoch schon am Nachmittag so betrunken, dass er unter einem Baum am Rande der Festwiese einschlief. Karl nutzte diese Gelegenheit, sich ausgiebig mit Clara zu unterhalten und ihr von Amerika zu erzählen. Clara gestand ihm später, dass ihr seine unbändige Energie und Tatkraft sofort gefielen und dass es ihr imponierte, wie er es in Amerika augenscheinlich zu etwas gebracht hatte. Joachim würde das nie schaffen, dazu schaute er viel zu oft zu tief in die Flasche. So fiel es Karl nicht schwer, die beinahe zwanzig Jahre Jüngere bei mehreren heimlichen Treffen in den folgenden Tagen zu überzeugen, mit ihm nach Amerika zu gehen.

Zum Abschied hatten sich Joachim und Karl auf dem Bahnhof dann noch ein paar Schläge versetzt, bevor Karl auf den anfahrenden Zug sprang und Joachim ihm nachrief, es ihm eines Tages heimzahlen zu wollen, dass er ihm Braut und Kind stahl.

Karl und Clara heirateten schon bald nach ihrer Ankunft in Nebraska. Clara schien das Leben dort sehr zu gefallen. Warum auch nicht, sie besaßen einen ansehnlichen Hof, riesige Felder und die Nachbarn sprachen fast alle Deutsch. Und Karl behandelte Johanna wie seine eigene Tochter.

Er war jedoch noch nicht ganz zufrieden und sann ständig darüber nach, wie er nach der Hoffnungslosigkeit in Mecklenburg nun auch endgültig dem harten Dasein als Bauer entrinnen konnte. Die Vorstellung, durch eine Missernte sämtliche Früchte seiner Arbeit auf einen Schlag wieder zu verlieren, bereitete ihm zunehmend Sorge. Und je deutlicher wurde, dass sie wohl keine weiteren Kinder haben würden, also auch keinen Sohn, der die Farm übernehmen und im Alter für seine Eltern sorgen könnte, desto mehr machte sich Karl Gedanken, wie sie dann finanziell über die Runden kämen. Auf dem Feld und im Stall konnte und wollte er nicht bis in alle Ewigkeit schuften, soviel stand fest.

Je mehr er darüber nachdachte, desto besser gefiel ihm der Gedanke, einen Laden zu betreiben. Hatte er nicht schon viele ältere Ladenbesitzer gesehen? Notfalls könnten Clara und Johanna das Geschäft auch alleine weiterführen, sollte er frühzeitig sterben.

Als Clara ihm dann eines Tages eine Anzeige in der *Nebraska Staats-Zeitung* zeigte, die preiswerte Grundstücke in der Stadt Himmelsfeld im Dakota-Territory anpries, wusste er sofort, dass er dorthin gehen wollte.

Sie verkauften die Farm Ende März 1880 und zogen einige hundert Meilen nach Norden. Neben Stadtgründer Max Kaufmann, der ein Hotel mitten in die endlos flache Prärie gestellt hatte, waren sie die ersten Einwohner von Himmelsfeld. Mit dem Geld, das sie für die Farm bekommen hatten, erwarben sie ein großes Grundstück, bauten ein stattliches Gebäude mit einem Gemischtwarenladen im Erdgeschoss und einer Wohnung darüber. Die Landvergabe rings um Himmelsfeld herum begann nur wenige Wochen später und die Siedler benötigten viele Dinge des täglichen Bedarfs. Das Geschäft lief hervorragend. Endlich ein Leben in relativem Wohlstand, ohne die schwere Arbeit auf dem Acker und im Stall. Sie hatten den richtigen Riecher gehabt.

Jacob Stewart aus Michigan eröffnete kurz darauf eine Eisenwarenhandlung, denn die Siedler brauchten auch jede Menge Pflüge und andere Geräte.

Im November starb Max Kaufmann völlig unerwartet an einer Lungenentzündung und sein Sohn Christian kam erst einige Monate später, Ende April 1881, aus Chicago, um die Geschäfte seines Vaters weiterzuführen.

Vor ein paar Wochen zogen dann noch Hermann und Anna Rentz mit ihrer Drogerie von Watertown nach Himmelsfeld um und Adam Olney war gerade dabei, ein Haus zu bauen und sich als Schmied niederzulassen.

Die kleine Stadt begann also allmählich zu wachsen und mit einem Eisenbahnanschluss im kommenden Frühjahr würde sie schließlich auch einen Getreide- und einen Holzhandel bekommen. Die Strecke wäre auf jeden Fall durch Himmelsfeld verlaufen, wenn es da nicht das verdammte Odessa gäbe, das nun neuerdings Miller hieß.

Aber nicht nur die Nachbarstadt war Karl Wolter ein Dorn im Auge. Das größte Ärgernis war gleich hier in Himmelsfeld: Christian Kaufmann. Der hatte von seinem Vater nämlich nicht nur das Hotel, sondern obendrein alle unbebauten Grundstücke geerbt und machte keinen Hehl aus seiner Absicht, hier eines Tages auch den Bürgermeister zu mimen. Karl wollte sich jedoch unter keinen Umständen wieder jemandem unterordnen. Dafür war er nicht nach Amerika gekommen! Himmelsfeld war kein mecklenburgisches Dorf und Christian Kaufmann nicht der Gutsherr. Das hatte er ihm auch schon einmal so gesagt.

Nein, als Bürgermeister kam doch wohl viel eher er selbst infrage. Er war älter und erfahrener und zudem einer der ersten Einwohner von Himmelsfeld gewesen. Nach dem Tod von Max Kaufmann hatte er die Geschicke von Himmelsfeld außerdem bereits ein halbes Jahr lang gelenkt.

Karl musste jedes Mal lächeln, wenn er sich das vorstellte: vom Tagelöhner in Mecklenburg zum Bürgermeister in Amerika. Das wäre doch was! In der alten Heimat würden sie staunen.

Nach dem Frühstück brachen Karl und Hans nach Watertown auf, um das Land eintragen zu lassen, das der Onkel für seinen Neffen ausgesucht hatte. Eigentlich hätte sich Hans das Land gerne erst einmal selbst angesehen, aber da es einige Stunden in Richtung Norden lag und Karl keine Zeit verschwenden wollte, würde er es ungesehen nehmen und sich darauf verlassen, dass sein Onkel eine gute Wahl getroffen hatte.

Die Fahrt mit dem fast leeren Wagen verlief recht zügig und nachdem sie Watertown am frühen Nachmittag erreicht hatten, kamen sie im *Land Office* auch gleich an die Reihe.

Der Beamte, ein junger Mann mit steifem Knie, den ein Schild als John Krueger auswies, kam hinter seinem Schreibtisch hervorgehumpelt, begrüßte Karl wie einen guten Bekannten und wandte sich dann Hans zu: »Alle gesund und munter nach der langen Reise?«

Hans nickte und dachte an die beschwerliche Atlantiküberquerung und die endlose Bahnfahrt.

»So, nun wollen Sie bestimmt wissen, wo Ihre Homestead ist.« John Krueger ging hinüber zur Wand, an der ein riesiger Bogen Papier angeschlagen war. Darauf waren Hunderte Quadrate zu sehen, in denen Familiennamen, auch zahlreiche deutsche, mit Datum eingetragen standen. Einige der Namen waren gestrichen und durch andere Einträge ersetzt worden. Es handelte sich um die Karte der Landverteilung. Viele Felder, besonders in der oberen Hälfte, waren noch leer.

»Alles fruchtbares Land. Umsonst. Hundertsechzig Acker für jeden Siedler«, proklamierte Krueger feierlich, so, wie er es bereits Dutzende Male zuvor getan hatte. »Hier!« Er tippte auf ein Quadrat nördlich von Himmelsfeld und Watertown, an dessen Rand eine dünne Linie mit den Worten *Spring Creek* eingezeichnet war. Sie zog sich quer über die Karte.

»Was ist das?«, fragte Hans, auf die Linie deutend. »Eine Eisenbahnstrecke?«

John Krueger lachte. »Aber nein, das ist ein Bach.«

Hans war erleichtert. Ein Bach konnte nicht schaden. Im Geiste sah er dort schon seine Kühe trinken. Er sah fruchtbare Felder und Weiden und einen stattlichen Hof wie den der Johannsons. Nun war endgültig Schluss mit dem aussichtslosen Leben als besitzloser Landarbeiter. Eigener Grund und Boden lagen jetzt zum Greifen nahe und ließen ihn die bisherigen Strapazen der Auswanderung vergessen.

»Sie müssen ein Haus auf Ihrem Land bauen und die Felder fünf Jahre lang bestellen, dann gehört die Homestead Ihnen», riss ihn Krueger, der inzwischen etwas in ein Register eingetragen und ein Formular ausgefüllt hatte, aus den Gedanken. Er zeigte Hans, dem die Hand vor Aufregung zitterte, wo er unterschreiben musste. John Krueger füllte ein weiteres Formular aus und überreichte Hans das Schriftstück. Er schüttelte ihm mit feierlicher Miene die Hand: »Herzlich willkommen im Dakota Territory!«

Sie bezahlten eine kleine Verwaltungsgebühr und verließen gut gelaunt das *Land Office.*

Anschließend fuhren sie zum Holzhandel und auf dem Weg dorthin winkte ihnen eine junge Frau, die vor einem Laden fegte, freundlich zu. Karl wechselte einige Worte auf Englisch mit ihr.

»Wir Geschäftsleute kennen uns hier alle«, erklärte er beim Weiterfahren und grüßte einen Mann, der eifrig das Schaufenster eines Ladens putzte. Der Mann nickte kurz zurück, unterbrach seine Tätigkeit aber nicht.

Die Hauptstraße von Watertown war recht lang und in regelmäßigen Abständen gab es sogar Nebenstraßen. Hans schaute sich neugierig um. Konrad Meier war gestern mit ihnen einen anderen Weg gefahren.

»So wird Himmelsfeld auch bald aussehen«, sagte Karl, als sei es das Selbstverständlichste von der Welt. »Sobald die Züge bei uns durchkommen, wird das Bauen so richtig losgehen.« Hans musste ihn wohl etwas ungläubig angeschaut haben, denn Karl fügte hinzu: »Darauf kannst du wetten, mein Junge! Letztes Jahr sah Watertown noch genauso aus wie Himmelsfeld. Dann kam der Eisenbahnanschluss und jetzt ist das hier eine richtige Stadt. Das geht ruckzuck.«

Er berichtete, wie er Hermann Rentz überredet hatte, mit seiner Drogerie von Watertown nach Himmelsfeld umzuziehen. Das war gut für alle Beteiligten: Der Drogist hatte am neuen Ort, anders als in Watertown, keine Konkurrenz. Die Bauern der Umgebung mochten es, eine Drogerie nahebei zu haben, und kamen nun öfter nach Himmelsfeld. Das brachte natürlich auch mehr Kunden in Karls Laden.

Die Bürgersteige waren ebenfalls seine Idee gewesen, obwohl die Bretter dafür unerhört teuer waren. Aber jetzt war Himmelsfeld im Kern schon eine richtige Stadt.

Sie erreichten den Holzhandel und nach einer kurzen Unterhaltung mit dem Besitzer begann Karl, Bretter und Balken auf den Wagen zu laden.

»Wozu das Holz?«, fragte Hans, obwohl er sich die Antwort denken konnte.

»Für dein Dach«, erwiderte Karl. Er fügte hinzu, dass Hans unverzüglich eine Hütte bauen solle, um sofort auf seinem neuen Land wohnen zu können und noch vor dem ersten Schneefall so viel Land wie möglich zu pflügen. »Ein richtiges Haus kannst du nächstes Jahr immer noch bauen.«

Zusätzlich zu den Brettern und Balken luden sie auch ein Fenster mit bereits eingesetzten Scheiben auf. Karl winkte ab, als Hans die Kosten ansprach. »Lass mal, mein Junge, ihr könnt mir einfach ein bisschen im Laden und auch sonst so helfen.« Damit war die Sache für ihn erledigt.

Hans setzte sich neben seinen Onkel auf den Wagen.

»Wir werden jetzt noch einmal vier Stunden brauchen«, sagte Karl und trieb das Pferd zur Eile an.

Was ist das schon nach der wochenlangen Fahrt hierher, dachte Hans.

Je weiter sie sich nach Norden hin von Watertown entfernten, desto einfacher wurden die verstreut stehenden Häuser wieder. Nach einer Stunde sahen sie nur noch Hütten aus gestochenem Prärieboden. Überall mähten Siedler emsig Gras für die Heuernte oder pflügten den jungfräulichen Boden. Die meisten Felder waren noch sehr klein.

»Du musst auf jeden Fall zuerst einen breiten Streifen rings um deine Hütte pflügen«, meinte Karl. »Hier gibt es manchmal ganz böse Brände. Da brennt das Gras, so weit du schauen kannst.«

Nach etwa dreieinhalb Stunden bogen sie nach Westen ab und bald lag nur noch ein Meer aus wogendem Präriegras vor ihnen.

Der Feldweg, auf dem sie fuhren, war kaum zu erkennen und nur vereinzelt waren bescheidene Behausungen sowie Bauern bei der Arbeit zu sehen. In der Nähe der Hütten war oft nur eine einzige Kuh angebunden und vor die Pflüge waren zumeist keine Pferde, sondern Ochsen gespannt.

»Diese Leute sind auch noch nicht lange hier«, sagte Karl. »Alles Deutsche von der Wolga.«

Hans sah ihn fragend an. Er hatte schon einmal gehört, dass es in Russland deutsche Dörfer gab. Aber warum waren diese Leute jetzt hier?

»Der Zar wollte sie plötzlich zum Militärdienst zwingen und auch sonst zu Russen machen.«

Hans schüttelte missbilligend den Kopf.

»Das sollen tüchtige Bauern sein«, fuhr Karl fort. »Allerdings sind sie hier ziemlich mittellos angekommen.« Er deutete in Richtung Süden. »Die Schwarzmeerdeutschen in Odessa sind da von einem ganz anderen Kaliber, da quält sich keiner mit Ochsen ab. Die können sich die besten Pferde leisten.«

»Schwarzmeerdeutsche? In Odessa?«

»Jetzt nennen sie es Miller«, fluchte Karl. »Aber das wird ihnen nichts nutzen!«

Hans erinnerte sich daran, was ihm Konrad Meier gestern erzählt hatte. Er wollte den Onkel jedoch jetzt nicht danach fragen und machte ihn stattdessen auf drei Hütten aufmerksam, die – anders, als er es bislang gesehen hatte – recht nahe beieinander standen.

»Die kommen bestimmt aus dem gleichen Ort«, erklärte Karl. »Aber da hier jeder auf seinem Land leben muss, können sie kein neues Dorf errichten. Damit sie nicht so einsam wohnen, bauen manche von ihnen ihre Hütten so dicht wie möglich zusammen. Jede Hütte steht auf einem anderen Stück Land und die Grenzen verlaufen dazwischen. Oft sind das auch Familien. Die Eltern wohnen vielleicht in dem einen Haus und die erwachsenen Kinder in den anderen. Das ist hier aber nur bei den Russlanddeutschen so, bei den anderen Einwanderern gibt es kaum ältere Leute. Die sind bei den Geschwistern in der Heimat geblieben, so wie deine Eltern.«

Hans hatte seit der Abfahrt kaum an seine Eltern gedacht. Er nahm sich vor, ihnen einen Brief zu schreiben, sobald er Zeit dafür hatte. Wer weiß, ob und wann er sie wiedersehen würde.

Karl brachte das Pferd zum Halten. »Wir sind da. Das hier ist dein Land, mein Junge.«

Mitten in dem brusthohen Präriegras, über das Hans seinen Blick schweifen ließ, saß Friederike Schmidt und weinte.

Was hatte sie hier nur verloren? Vor einigen Monaten hatte sie mit ihren Eltern und ihrer Schwester noch in einem schönen Haus und in einem richtigen Dorf, wie es viele an der Wolga gab, gelebt.

Die Geschichten von der schweren Anfangszeit dort hatte sie als Kind unzählige Male von den Großeltern gehört. Wie Tausende Deutsche von der Zarin Katharina in die Steppe gelockt wurden und dann nicht wieder wegkonnten, als sie feststellten, dass die meisten der versprochenen Hilfsmittel ausblieben. Wie die Menschen in Erdhütten überwintern mussten und Hunderte starben.

Wenn sie damals diese Geschichten hörte, konnte sie sich gar nicht vorstellen, wie das Leben gewesen sein muss. Jetzt war das anders, jetzt saß sie selbst in der Steppe und hauste mit ihrer Schwester Katarina ebenfalls in einer Erdhütte.

Sie pflügten von morgens bis abends, die eine führte die Ochsen, die andere den schweren Pflug, und alle paar Minuten wechselten sie sich ab.

Zum Glück halfen ihnen die Nachbarn aus ihrem Heimatdorf, die nun weit verstreut wohnten, so gut sie konnten. Hier kämpfte jeder ums Überleben, denn fast alle waren ohne Ersparnisse in Amerika angekommen. Das Geld aus dem Verkauf ihres ganzen Besitzes in der Heimat hatten sie für teure russische Reisepässe sowie für Zug- und Schiffsfahrkarten ausgeben müssen. Sie konnten daher kaum das Nötigste für den Neuanfang kaufen.

In den ersten Wochen schliefen die zwei jungen Frauen auf ihrem Wagen, über den sie eine Plane gespannt hatten. Die Nachbarn bauten ihnen schließlich eine Erdhütte und halfen auch beim Mähen und Pflügen.

Friederike vermisste das Dorf, die Obstbäume, die Gemüsebeete, den Gesang der Vögel, den Wald und den Fluss. Hier gab es nur Gras, wohin man auch blickte. Von einem Ende des Horizonts zum anderen. Selbst in der Nacht gab es kein Entkommen: Das Gras rauschte und rauschte endlos.

Man könnte verrückt werden. Den ganzen Tag nur Gras und Katarina, die einen mit ihrer Schweigsamkeit zum Wahnsinn trieb. Wie gut, dass sie sich hin und wieder mit Thomas Brenner unterhalten konnte. Der war heilfroh, dass er dem Dienst in der russischen Armee entronnen war. Katarinas Verlobter Werner hatte nicht so viel Glück, ihn hatten die Russen noch eingezogen, bevor die Auswanderung begann. Katarina wollte deshalb auch nicht mit nach Amerika. Aber die Eltern bestanden darauf, da das ganze Dorf zusammen auswanderte. Jetzt wartete sie sehnsüchtig, dass Werner nachkam.

Was wird aus mir, wenn er da ist? Friederike wischte sich die Tränen aus dem Gesicht. Und was mache ich, wenn er nicht kommt? Beim Aufstehen sah sie in einiger Entfernung zwei Männer von einem Wagen steigen. Den einen Mann kannte sie: Es war Karl Wolter, der herrische Ladenbesitzer aus Himmelsfeld.

Karl und Hans schritten durchs Gras und suchten die in weiten Abständen in den Prärieboden geschlagenen Holzschäfte, die als Abgrenzung zum benachbarten Stück Land dienten, auf dem eine winzige Erdhütte zu erkennen war. Außer der Vorderseite, die aus aufgeschichteten Grasblöcken bestand und nur ein einziges Fenster hatte, war die Hütte anscheinend vollständig in einen kleinen Hügel hineingebaut worden. Das Dach war ebenfalls mit Grasplatten gedeckt. Ein mickriges Feld war von Präriegras befreit und gepflügt worden.

Eine Frau kam aus der Hütte und eine andere über den Acker auf sie zu. »Das sind Katarina und Friederike Schmidt, Schwestern aus dem Wolgagebiet«, sagte Karl. »Die beiden wohnen hier alleine.«

Hans fragte verwundert: »Alleine? Ohne Männer?«

»Ja, das ist hier gar nicht so ungewöhnlich«, erwiderte Karl. »Auch Frauen können kostenloses Land bekommen.« Und er fügte lachend hinzu: »Wenn ich mir die unverheirateten Kerle, die in den Laden kommen, so anschaue, kann ich schon verstehen, dass manche Weiber lieber alleine bleiben wollen.«

Die Frauen trafen sich auf halbem Wege und kamen dann schnell näher. Sie schienen noch recht jung zu sein. Höchstens Anfang zwanzig. Beide hatten langes braunes Haar, das die eine zu einem Zopf geflochten hatte und die andere hochgesteckt trug.

»Katarina Schmidt«, stellte Karl die Frau mit dem hochgesteckten Haar vor, »und ihre Schwester Friederike.« Jetzt aus der Nähe war zu sehen, dass Katarina mächtig schielte.

»Und das hier ist mein Neffe Hans. Er wird euer Nachbar sein.«

Die Frauen sahen sich kurz an. Friederike sagte: »Grüß Gott!« und Katarina fragte Karl mit einem Blick auf die Ladefläche des Wagens: »Sind das die Sachen, die wir bestellt hatten?«

Karl bejahte und Katarina griff sich eine Kiste vom Wagen.

»Na, mal nicht so schnell!« Karl wollte Katarina die Kiste wieder aus der Hand nehmen. »Erst wird bezahlt.«

»Bezahlt wird, wenn wir Geld haben«, knurrte Katarina und blickte ihn grimmig an.

»Bald werde ich kein Geld mehr haben, um Waren zu beschaffen«, schimpfte Karl. »Dann könnt ihr euch einen anderen gutmütigen Kaufmann suchen und den auch in den Ruin treiben.«

»Ach ja?«, erwiderte Katarina, während Friederike eine zweite Kiste zu sich heranzog und mit Schwung vom Wagen nahm.

»Vergesst nicht, dass ich hier in der Gegend der Einzige bin, bei dem ihr anschreiben könnt. Aber wenn ihr nicht bezahlt, lasse ich eure Ernte pfänden, denn irgendwann ist meine Geduld am Ende«, drohte Karl.

»Ist ja gut«, sagte Friederike leise. »Sie bekommen ja Ihr Geld.«

Die Frauen machten sich auf den Weg zu ihrer primitiven Behausung. »Auf gute Nachbarschaft!«, rief Friederike Hans beim Weggehen über die Schulter zu und das klang gar nicht mal unfreundlich.

»Danke«, murmelte Hans.

»Ach, die sind gar nicht so verkehrt«, meinte Karl überraschenderweise. »Wegen des Geldes muss man immer ein bisschen drängen, aber das ist hier bei allen so. Die müssen erst einmal Fuß fassen, dann wird das schon.«

Hans und Karl begannen den Bau einer Unterkunft zu erörtern.

»Am besten machst du es so wie die beiden da.« Karl deutete auf die in den Hügel gebaute Hütte der Frauen. »Da bist du vom Wind geschützt und schneller geht es auch.«

Das leuchtete Hans ein und sie machten sich auf die Suche nach einer geeigneten Stelle.

Die Männer bahnten sich ihren Weg durch das hohe Gras, das jetzt ohrenbetäubend rauschte, so stark war der Wind geworden. Sie scheuchten einige Präriehühner auf. Vor einer kleinen Anhöhe blieben sie stehen. »Hier!«, rief Karl. »Einen besseren Platz findest du nicht.«

Während sie damit beschäftigt waren, den Bau der Hütte zu besprechen, zogen von Westen her zügig dunkle Wolken heran. In der Ferne waren schon bald Blitze zu sehen. Es dauerte nicht lange, bis auch Donner zu hören war.

Das Unwetter kam schnell näher. Das dunkle Grollen wurde immer lauter und die Blitze, die den so riesig wirkenden Himmel über dem baumlosen und endlos flachen Ozean aus Gras durchzogen, immer bedrohlicher.

Sie liefen zum Wagen, wo Karl sofort das Pferd ausspannte, während Hans die Bretter auf der Ladefläche festzuzurren begann, dann jedoch seinem Onkel helfen musste, das störrische Pferd an der schweren Hinterachse festzubinden. Sie wurden gerade damit fertig, als der Regen schlagartig einsetzte und die Zeitabstände zwischen Blitz und Donner immer kürzer wurden. Sie krochen unter den Wagen und der Regen prasselte nun lautstark auf die Bretter über ihren Köpfen, begleitet von gewaltigen Donnerschlägen und dem ängstlichen Wiehern des Gaules.

Plötzlich erschien Katarina Schmidt: »Kommt mit!«, rief sie in einem Ton, der keinen Widerspruch zuließ. Karl zögerte nicht eine Sekunde, ihr zu folgen.

Auch Hans kroch unter dem Wagen hervor und sah, dass der Himmel jetzt grün schimmerte.

Karl drehte sich zu ihm um und schrie: »Tornadowetter!«

Hans hatte keine Ahnung, was damit gemeint war, aber der Himmel machte ihm Angst.

»Worauf wartet ihr noch?«, rief Katarina. »Bringt das Pferd in den Stall!«

Karl versuchte, das aufgebrachte Pferd loszubinden. »Lauf zur Hütte!«, befahl er Hans. »Und nimm das Fenster mit.«

Hans zog das Fenster vom Wagen und folgte der vorauseilenden Katarina.

Der Himmel wurde immer grüner. Bald schienen Himmel und Prärie ineinander zu verschwimmen. Es begann zu hageln.

Hans hob das Fenster über seinen Kopf, um sich auf den letzten Metern vor den Tausenden kleinen Eisstücken zu schützen, die vom Himmel heruntergeschossen kamen. Es donnerte nun fast pausenlos. Friederike hielt die Tür zur Hütte auf. Hans rettete sich in die dunkle

Unterkunft und stellte das Fenster an die Wand. Er fuhr sich durch die nassen Haare und verschnaufte einen Augenblick. Dann sah er den Onkel mit dem widerspenstigen Pferd kommen und eilte hinaus, um ihm zu helfen. Sie hörten Katarina rufen, die ein klappriges Tor öffnete, das zu einem kleinen Stall führte. Dieser war gleich neben der Hütte in die Erhebung gebaut worden. Karl zog das nervöse Pferd hinein und band es zwischen der Kuh und den Ochsen fest. Katarina scheuchte einige aufgeregte Hühner zurück in den Stall und verriegelte ihn mit einem Brett. Nicht allzu weit entfernt löste sich eine besonders dunkle Wolke vom Himmel.

»Um Gottes willen!«, rief Karl mit weit aufgerissenen Augen und drängte die anderen in die Hütte.

Die Wolke verwandelte sich in einen gewaltigen Trichter, der Himmel und Erde zu verbinden schien.

Hans und Karl blieben im Türrahmen stehen und starrten hinaus.

Hans schrie: »Was zum Teufel ist das?«

»Eine Windhose!«, rief Karl. Friederike und Katarina, die gleich hinter ihnen standen, drängten zur Tür. Sie wollten auch sehen, was sich draußen abspielte, und schreckten mit einem gemeinsamen Aufschrei zurück: Der Wirbelsturm bewegte sich auf ihre Hütte zu. Je näher er kam, desto lauter wurde sein gewaltiges Dröhnen, das alles, sogar den Gewitterdonner, übertönte.

»Wir müssen die Tür verriegeln!« Karl schob die anderen ins Innere der Hütte, an dessen Dunkel sich die Augen erst gewöhnen mussten. Ein naher Blitz erleuchtete den Raum für den Bruchteil einer Sekunde und Hans konnte die verängstigten Gesichter der Frauen sehen, die in der Mitte der Hütte standen.

»Betet!« Karl faltete die Hände und begann das Vaterunser herzusagen. Die anderen taten es ihm gleich.

Wasser tropfte immer stärker von der Decke herunter. Ein Teil des Daches wurde plötzlich abgerissen.

»Haltet euch am Herd fest!«, brüllte Karl aus Leibeskräften.

Hans umklammerte mit beiden Händen den warmen Eisenkoloss. Friederike und Katarina hielten sich rechts von ihm fest.

Hans wollte den Kopf nach links drehen, wo sein Onkel war, kam aber nicht mehr dazu, denn das Dach stürzte samt Brettern, Balken und Grasplatten auf sie herab, begleitet von einer Lawine aus Schlamm. Bevor er begriff, was geschah, sackte Hans unter der Last des mit Wasser vollgesogenen Grasdaches zusammen und verlor das Bewusstsein.

Heinrich Brenner stand gegen den Türrahmen gelehnt und beobachtete das Unwetter. Von seiner Hütte aus, in der er mit seiner Frau Gertrude und den Söhnen Thomas, Andreas und Michael lebte, konnte er nur das Dach von Katarina und Friederike Schmidts Hütte aus dem Präriegras herausragen sehen. Die Brenners wohnten weiter nördlich und damit hinter der kleinen Anhöhe, in der die Unterkunft der Schwestern hineingebaut war.

Daheim in Gnadendorf waren die Häuser der Brenners und der Schmidts nur durch Gärten getrennt gewesen. Das war erst ein halbes Jahr her; Wilhelm und Maria Schmidt waren da noch am Leben. Während einige Familien den Tod von Kindern zu beklagen hatten, waren Katarina und Friederike die einzigen aus dem Dorf gewesen, die auf der beschwerlichen Reise nach Amerika ihre Eltern verloren. Und Katarinas Verlobter war zu allem Unglück nur wenige Monate vor der Abreise in die Armee eingezogen worden. Wie die beiden hier ohne Klagen ihr neues Leben aufbauten, hatte ihnen den Respekt aller ehemaligen Dorfbewohner eingebracht, die ihnen nach Kräften halfen, allein zurechtzukommen.

Aber Heinrich Brenner hatte keine Zeit, weiter über früher nachzudenken. Aus dem Regen wurde Hagel und der schwarzgrüne Himmel war pausenlos von Blitzen durchzogen. Ein gewaltiges Grollen übertönte das Gewitterdonnern. Im Hintergrund löste sich eine Windhose, wie er sie in seinem Leben noch nicht gesehen hatte, und begann über die Prärie zu wirbeln, in etwa dort, wo Katarinas und Friederikes Hütte war.

Thomas nahm ein Hagelkorn aus dem Jackenkragen seines Vaters und hielt es Andreas und Michael hin. Die drei schauten überrascht, als sich der Vater ruckartig umdrehte und kommandierte: »Schnappt euch jeder einen Spaten!«

Sie begriffen nicht. Wo wollte er denn jetzt graben gehen? Sie hatten nichts von der Windhose gesehen, weil der breitschultrige Vater die Tür vollkommen ausfüllte.

Der wirbelnde Trichter war von Westen nach Osten gezogen und deswegen ihrer Hütte nicht zu nahe gekommen. Heinrich Brenner hatte aber das ungute Gefühl, dass der Sturm die Behausung der jungen Frauen voll getroffen hatte. Er wollte keine Zeit verlieren und den beiden so schnell wie möglich zu Hilfe eilen.

»Los, kommt mit!« Er stürmte aus der Tür, obwohl es immer noch hagelte. Die verwunderten Söhne folgten nur zögerlich. »Na los!«, rief Heinrich Brenner. »Wir müssen Katarina und Friederike helfen!«

Thomas Brenner war auf einmal hellwach. Friederike? Was war mit ihr?

Sie rannten durch Hagel und Regen und waren nach nur wenigen Augenblicken völlig durchnässt. Sie kämpften sich durchs dichte Präriegras, das ihren Lauf bremste. Andreas stolperte und fiel laut fluchend hin. Er sprang sofort wieder auf und erreichte bald die anderen, die dort, wo eigentlich die Hütte von Friederike und Katarina sein musste, in einer mit Schlamm, Gras und Brettern gefüllten Kuhle wühlten. Er hörte, wie Thomas Friederikes Namen rief.

Als Hans die Augen öffnete, blickte er in das Antlitz eines ihm unbekannten Mannes. Er wusste zunächst nicht, wo er war, erinnerte sich dann aber an das Unwetter und das herabstürzende Dach.

»Alle Sinne wieder beisammen?«, fragte der Fremde.

»Ja, ich glaub schon«, antwortete Hans. »Wo sind die anderen?«

Er sah sich um, während ihm der Mann, der sich als Heinrich Brenner vorstellte, aufhalf. Friederike und Katarina standen verstört neben den Überresten ihrer Hütte und ein junger Bursche bemühte sich, sie zu trösten. Zwei Jungen kümmerten sich um einen Mann mit blutüberströmtem Gesicht. Hans wurde erst auf den zweiten Blick klar, dass das sein Onkel war, den es offenbar am schlimmsten erwischt hatte.

»Hans! Alles in Ordnung?« Karl versuchte zu lächeln, als sein Neffe auf ihn zukam. »Keine Sorge, so geht es hier nicht jeden Tag zu.« Ein Nagel in einem losgerissenen Brett hatte eine Wunde in seinen Kopf geschlagen. Aber damit nicht genug: Er konnte seinen rechten Arm nicht bewegen, er schien gebrochen zu sein.

Friederikes Hand war ebenfalls von einem Balken eingequetscht worden. Sie hatte höllische Schmerzen, die sie zu verbergen suchte. Thomas Brenner kümmerte sich fürsorglich um sie. Katarina hatte nur ein paar Kratzer abbekommen und beobachtete Friederike und Thomas argwöhnisch.

Alle waren nass und am ganzen Körper mit Schlamm überzogen. Es regnete noch, das Gewitter war jedoch schon weitergezogen. Dort, wo es hergekommen war, riss die Wolkendecke bereits auf und erste Sonnenstrahlen erleuchteten die Prärie.

»Wo ist denn der Wagen?« Hans hielt vergeblich Ausschau.

»Den hat die Windhose weggeweht«, sagte Karl mit schmerzverzerrtem Gesicht. »Wir können wirklich froh sein, dass wir noch am Leben sind!«

Glücklicherweise war den Tieren in dem arg ramponierten Stall nichts passiert. Heinrich Brenner und seine Söhne führten den nervösen Gaul, die Kuh und die Ochsen heraus. Die Hühner rannten bereits eifrig durch die Gegend und pickten Würmer aus dem feuchten, dampfenden Boden.

Nach kurzer Beratung beschloss man, zur unversehrten Hütte der Familie Brenner hinüberzugehen. Sie war nicht in einen Hügel hineingebaut worden, sondern stand mitten auf einem Feld. Allerdings waren ihre Wände so niedrig, dass Hans sich fragte, wie man darin leben konnte. Beim Näherkommen wurde ihm jedoch klar, dass die Brenners wohl eine Grube ausgehoben hatten, um weniger Grasplatten aufstapeln zu müssen. Hans gefiel diese Bauweise und er nahm sich vor, es genauso zu machen. Noch einmal wollte er nicht von einem Erdrutsch begraben werden, und schon gar nicht mit Frau und Kindern.

Die schlimm zugerichteten Gäste wurden von Gertrude Brenner in die Hütte geführt. Die hagere Frau begann sofort, nach Verbandszeug zu suchen.

»Thomas, spann die Pferde an!«, befahl Heinrich Brenner seinem ältesten Sohn, um sich dann an Karl und Friederike zu wenden: »Ich bringe euch nach Watertown zum Doktor.«

Karl widersprach zuerst, sah aber nach kurzem Hin und Her ein, dass seine Verletzungen behandelt werden mussten. Sein Kopf blutete immer noch, die Wunde war beachtlich.

Katarina, wenngleich unverletzt, schien sehr mitgenommen. Heinrich Brenner versuchte sie aufzumuntern: »Eigentlich habt ihr doch Glück im Unglück gehabt: Euer Viehzeug lebt und der Stall steht noch halbwegs.«

Katarina lachte bitter. »Wo sollen wir denn jetzt wohnen, im Stall vielleicht?«

»Keine Sorge, wir helfen euch beim Wiederaufbau«, versprach Heinrich Brenner.

»Danke, das ist wirklich sehr nett«, erwiderte Friederike. »Aber wir haben kein Geld, um Bretter zu kaufen. Und einen Arzt können wir auch nicht bezahlen.«

»Ich werde euch das Geld leihen«, meldete sich Karl, der mit seinem gesunden Arm die Suppe zu löffeln begann, die Gertrude Brenner gerade austeilte.

»Sie?«, fragte Katarina ungläubig. Der Ton, mit dem sie das aussprach, ließ keinen Zweifel daran, dass sie ihm nicht glaubte.

»Ja, ich! Und ich sage dir auch, warum: Ihr schuldet mir sowieso schon einen Haufen Geld und wenn ihr nun eure Homestead aufgebt und verschwindet, werde ich davon nichts wiedersehen. Da leihe ich euch lieber noch ein wenig mehr und ihr könnt mir dann alles nächstes Jahr nach der Ernte zurückzahlen.«

Katarina lächelte. »Hab ich mir doch gedacht, dass Sie das nicht aus Nächstenliebe machen.«

Karl schluckte die Suppe herunter, die er gerade in seinen Mund gelöffelt hatte, und erwiderte: »Mir hat auch keiner was geschenkt und für euch kommt's doch aufs Gleiche raus.«

28. Juli 1881

Karls Kopfverletzung war nicht so schlimm, wie sie zuerst ausgesehen hatte, und würde sicher in ein paar Tagen verheilen. Der Arm war jedoch tatsächlich gebrochen, sodass Hilfe im Laden und im Stall benötigt wurde. Karl und Hans entschieden, dass Marie und die Kinder deshalb erst einmal in Himmelsfeld bleiben sollten. Marie konnte im Geschäft helfen und die Jungen im Stall.

Hans machte sich gleich am Vormittag nach Watertown auf, um zwei Ochsen und einen Wagen sowie einen Pflug und Baumaterialien zu kaufen. Jacob Stewart, der die Eisenwarenhandlung in Himmelsfeld betrieb und in Watertown Waren holen wollte, nahm ihn auf seinem Wagen mit.

Ein Gespräch war schwierig, da Jacob nur wenig Deutsch sprach und Hans kein Englisch, trotzdem fand Hans den Amerikaner sympathisch. Dieser war ihm später beim Kauf von Ochsen und Wagen behilflich, indem er einen guten Preis mit dem Verkäufer aushandelte.

Beim Kauf des Pfluges hatte Hans sogar noch mehr Glück: Jacob Stewart führte ihn zu einem Schuppen am Bahnhof, wo er seine Lieferungen lagerte. Er hatte ein halbes Dutzend Pflüge vorrätig und verkaufte Hans ein gebrauchtes Exemplar zu einem sehr günstigen Preis. Das gesparte Geld reichte für einen Herd, ein neues Fenster und eine stabile Tür.

Hans fühlte sich unbeschwert und frei, als er sich von Watertown aus auf den Weg zu seiner Homestead machte. Er war erst drei Tage hier und hatte bereits eigenes Land, zwei Ochsen, einen Wagen und einen Pflug. Wenn das die Leute zu Hause sehen könnten!

Heute war der Himmel bedeckt und Hans ausgesprochen froh darüber, denn die Sonne und Hitze der letzten Tage waren kaum auszuhalten gewesen. Hans führte seine neuen Ochsen den staubigen Weg entlang und sie zogen den Wagen ohne große Mühe, aber in sehr gemächlichem Tempo. Auf den Feldern waren Bauern entweder mit der Ernte oder mit dem Pflügen beschäftigt. Hans hielt den Wagen für einen Moment an und kniff die Augen zusammen: In einiger Entfernung mähte ein Mann, der ihm bekannt vorkam. Er sah ein bisschen aus wie Claras ehemaliger Verlobter, Joachim Möller aus Faulenrost. Aber das konnte ja nicht sein. Hans war sich sicher, dass er sich täuschte, und fuhr weiter.

In diesem Augenblick kam ihm ein Gefährt entgegen und Hans brachte seinen Wagen erneut am Wegesrand zum Stehen, um es vorbeizulassen. Auf dem Einsitzer saß ein Mann mit einem silbernen Stern am Hemd. Neben ihm steckte ein Gewehr griffbereit in einer Halterung. Auch er hielt an.

»Good afternoon, Sir!«

»Guten Tag«, murmelte Hans.

»Aha, Sie sind Deutscher. Das hatte ich mir beinahe gedacht.« Der Mann, etwa Mitte vierzig, von kräftiger Statur und mit einem grauen Schnurrbart, stieg ab und gab Hans energisch die Hand. »Sheriff Jack Hunhoff.«

»Hans Sievers.« Hans schaute auf den Stern.

»Ich bin hier sozusagen der Landpolizist.«

Polizei? Damit hatte Hans nicht gerechnet. Der Mann trug keine Uniform, nur den Stern, der ihn wohl auswies.

Jack Hunhoff bemerkte die Überraschung, die Hans ins Gesicht geschrieben stand. »Ja, Ordnung muss sein, mein Lieber, auch in dieser Gegend. Aber hier passiert eigentlich nicht viel, alles ganz friedlich.« Er gähnte.

»Sie sprechen sehr gut Deutsch.« Hans hatte krampfhaft überlegt, was er sagen könnte, und etwas anderes fiel ihm nicht ein. Mit Polizisten hatte er noch nie gute Erfahrungen gemacht.

»Ja, meine Mutter ist Deutsche. Deshalb bin ich auch gewählt worden, von den ganzen Deutschen hier.«

»Gewählt?« Hans glaubte, sich verhört zu haben.

»Ja, sicher. Ich bin genau genommen der oberste Polizist des Landkreises, und der wird hier gewählt.« Er warf einen Blick auf das Ochsengespann. »Gerade erst angekommen, wie?«

»Ja, vorgestern.«

»Und woher?«

»Aus Mecklenburg.«

»Na, da sind Sie ja nicht der Einzige hier.« Er stieg wieder auf seinen Wagen. »Herzlich willkommen! Und falls Sie mich brauchen: Mein Büro ist in Watertown, fragen Sie einfach danach.« Er winkte beim Losfahren.

Hans sah ihm nach. Ein gewählter Landpolizist. Na so was. Marie würde staunen, wenn er ihr von dieser Begegnung erzählte.

3. August 1881

»Beeil dich!«, rief Heinrich Brenner seinem Sohn Michael zu. Er hatte die Aufgabe, mit dem Spaten die Grasplatten auf die richtige Größe zu bringen, bevor Thomas und Andreas sie vorsichtig zu Hans und Heinrich schleppten, die sie zu einer Wand aufstapelten.

Heinrich Brenner wollte mit dem Wiederaufbau von Friederikes und Katarinas Hütte so schnell wie möglich fertig werden. Übermorgen wurde er mit seinen Jungs von einem Bauern gleich hinter Watertown erwartet, um beim Dreschen zu helfen. So verdienten sie dann endlich dringend benötigtes Bargeld und konnten Wintervorräte kaufen. Der Bauer hatte ihnen zudem preiswerten Saatweizen versprochen.

»Du hättest mal unsere Häuser in Gnadendorf sehen sollen«, sagte Heinrich Brenner, während er mit Hans die nächste Grasplatte auf die bereits brusthohe Wand hob. »Die hätte kein Sturm umgehauen.« Er sah Hans an. »Aber es ist ja noch einmal alles gut gegangen.«

Hans war froh, von Heinrich gezeigt zu bekommen, wie man eine Erdhütte baute.

Die Schwestern waren damit beschäftigt, ihren ramponierten Stall auszubessern. Friederike hatte nach wie vor einige Schwierigkeiten mit ihrer Hand und so half ihnen Thomas, der ausgesprochen fröhlich bei der Sache war.

Es war nicht zu übersehen, dass Thomas und Friederike sich sehr gern hatten. Thomas wurde deswegen auch hin und wieder von seinen beiden jüngeren Brüdern geneckt, die es aber durchweg gutmütig meinten. Friederikes Schwester hingegen verhielt sich deswegen immer wieder bösartig.

Hans hatte inzwischen herausgefunden, dass die beiden Familien auch an der Wolga Nachbarn gewesen waren und sich daher alle schon ein ganzes Leben lang kannten. Katarinas Verhalten war ihm deshalb ein Rätsel.

Heinrich Brenner hatte eine Erklärung: »Katarina ist bloß eifersüchtig. Thomas ist dem Armeedienst in Russland entgangen, ihr Verlobter Werner jedoch nicht. Und jetzt sieht sie, wie Friederike und Thomas jeden Tag zusammen sein können, während sie und Werner einige Jahre getrennt sein werden.«

Hans nickte. »Ja, das muss schwer sein. Aber immerhin habt ihr nun alle eigenes Land.«

»In Russland hatten wir schon seit hundert Jahren unser eigenes Land.«

»Was?« Hans war erstaunt. »Kein Gutsherr?«

»Nein, das kannten wir da gar nicht. Jedes Dorf war eine Gemeinde, in der alles gemeinsam beschlossen wurde«, berichtete Heinrich. »Jeder bestellte seine eigenen Felder, aber wir hatten gemeinschaftliche Weiden für das Vieh und sogar einen Getreidevorrat, falls jemand in Not geriet oder die Ernte mal schlecht war.« Nachdenklich schüttelte er den Kopf. »Und jetzt ist hier jeder auf sich allein gestellt.«

5. August 1881

Marie freute sich, nach der wochenlangen Reise erst einmal in der kleinen Stadt und damit in einem richtigen Haus mit einem halbwegs bequemen Bett bleiben zu können. »Fühl dich hier wie zu Hause«, hatte Clara gesagt.

Marie half im Haushalt und im Garten, aber was sie am meisten faszinierte, war der Laden mit seinen auf Englisch beschrifteten Fässern, Säcken, Dosen und Flaschen. Zu Hause waren ihr die Läden im Dorf und in der nahen Kleinstadt vollkommen egal gewesen, aber hier schien so ein Geschäft, das einzige weit und breit, doch etwas ganz Besonderes zu sein. Hier versorgten sich die Siedler mit Zucker, Salz, Backpulver, Tee, Kaffee, Tabak, Schuhen, Mützen, Tellern, Tassen, Töpfen, Pfannen, Garn, Nadeln, Scheren, Lampen, Kerzen – eben mit allen kleinen und großen Dingen des täglichen Bedarfs, die sie zum Überleben brauchten und nicht selbst herstellen konnten.

Der Laden, der zudem auch als Postamt diente, war der Treffpunkt der Bewohner von Himmelsfeld und Umgebung. Karl und Clara waren durch ihre Schwätzchen mit den Kunden über alle Ereignisse in der Gegend bestens informiert.

Im Moment waren nur zwei Kunden im Laden: Albert Bach und seine Frau Emilie, die eine halbe Tagesreise von Himmelsfeld entfernt lebten und lediglich einmal im Monat hierher kamen.

»Wie geht es Präsident Garfield?«, fragte gerade Albert Bach, ein ernsthafter Mann Mitte fünfzig. In den letzten Wochen drehten sich die Gespräche hier oft um das Attentat auf den neuen Präsidenten.

»Sieht gar nicht gut aus«, erwiderte Karl und schob die aktuelle Ausgabe der *Dakota Wochenzeitung* über den Ladentisch. *Ärzte kämpfen um Garfields Leben* stand da geschrieben. »Seit Wochen das Gleiche, anscheinend keine Besserung.«

»Was für ein Land!« Albert Bach schüttelte den Kopf. Dabei schielte er auf den Waffenschrank hinter der Ladentheke. Karl handelte auch mit Jagdgewehren und Munition, allerdings hatte kaum einer der Siedler genug Geld, um Derartiges kaufen zu können.

Emilie Bach, deren Stimme so laut wie ihr Körperbau stattlich war, warf die Hände in die Luft. »Stellen Sie sich einmal vor, jemand würde auf unseren Kaiser schießen!«

Der Kaiser ist mir völlig wurscht, wollte Karl erwidern, ließ es dann aber und erkundigte sich bei Albert Bach nach der Ernte.

Clara ging unterdessen mit Emilie Bach zu einem Regal weiter hinten im Laden. Sie reichte der erfreuten Bäuerin einen kleinen Stapel Post, der sich für die Familie in den letzten vier Wochen angesammelt hatte: einige Briefe aus der märkischen Heimat, zwei Zeitschriften und ein Versandhauskatalog.

Marie, die der Kundin eine Tasse Kaffee brachte, wusste bereits nach dem ersten Tag im Laden, dass Clara diese Kataloge hasste, da sie viele Dinge, die es hier im Geschäft gab, preiswerter anboten. Im Lagerraum stapelten sich die Pakete für die Siedler der Umgebung. So mancher Katalog erreichte allerdings nie seinen Empfänger, dafür wussten Karl und Clara zu sorgen.

»Spielst wohl gerade Kaufmannsladen?«

Als Joachim Möller mit diesen Worten das Geschäft betrat, ließ Clara vor Schreck die Zuckerdose fallen, die sie Emilie Bach reichen wollte.

»Na, lass dich nicht stören, ich möchte nur mal eben unsere Tochter besuchen.«

»Was machst du denn hier?«, brachte Clara völlig entgeistert hervor.

»Hab ich doch schon gesagt: unsere Tochter besuchen.«

»Du hast hier keine Tochter.«

»Da habe ich aber was anderes gehört.«

»Da musst du dich ganz schön verhört haben!« Mit diesen Worten kam Karl aus dem Lagerraum geschossen, gefolgt von Albert Bach, der seiner erschrockenen Frau einen fragenden Blick zuwarf. Die schien wie gelähmt und stand mit offenem Mund da.

»Wie siehst du denn aus?« Joachim griente, als er Karls Kopfverband und die Armschlinge sah.

Karl ignorierte die Frage und packte Joachim mit seiner gesunden Hand am Ellbogen. »Raus aus meinem Laden! Du hast hier nichts verloren!«

Er zog den ungebetenen Besucher zur Tür. Der wehrte sich nicht und lachte nur: »Behandelst du alle deine Kunden so?«

Emilie und Albert Bach folgten den beiden neugierig, während Marie ihren Arm tröstend um die zu Tode erschrockene Clara legte.

Joachim Möller machte sein Pferd los und stieg auf einen klapprigen Wagen. Bevor er losfuhr, blieb er einen Moment regungslos sitzen und lächelte Karl dann boshaft an, ohne ein Wort zu sagen. Er schien diesen Augenblick zu genießen.

Das brachte Karl zur Weißglut. »Lass dich hier nie wieder blicken!«

»Du kannst mir gar nichts verbieten«, erwiderte Joachim Möller ruhig. »Ich hab gehört, dass das hier ein freies Land sein soll.«

»Spar dir das Klugscheißen. Ich will dich hier nie wieder sehen, sonst zeig ich dir mal, was Freiheit ist!«

»Der Krämer droht mir«, höhnte Joachim Möller.

Karl wollte die Stufen vor dem Laden hinunterstürmen, aber Albert Bach konnte ihn zurückhalten.

Joachim Möller winkte beim Davonfahren. »Na dann, bis zum nächsten Mal!«

Karl behielt ihn im Auge, bis er Himmelsfeld verlassen hatte.

»Wer war das denn?«, fragte Albert Bach.

»So ein scheußlicher Mensch!«, rief seine Frau entrüstet.

Karl antwortete nicht, sondern ging zurück in den Laden.

»Hast du gewusst, dass der hier ist?«, fragte Clara, die ihm aufgelöst entgegenkam.

»Nein, keine Ahnung.«

»Will er etwa hierbleiben?«

»Und wenn schon, der ist sein Land bald wieder los. So ein Saufkopp wie der bringt es doch hier zu nichts.«

»Na, ich weiß ja nicht.«

»Mach dir keine Sorgen, der kann uns gar nichts anhaben.« Karl nahm sie in den Arm. »Ich gehe morgen mal zu John Krueger. Der wird mir bestimmt sagen können, wo sich Joachim niederlassen will.«

Gottfried Seidel wurde von dem Wagen, der aus Himmelsfeld herausgeschossen kam, beinahe überrollt. »Mach doch die Augen auf!«, rief ihm der Kerl auf dem Kutschbock zu. Auch der Riese mit Kopfverband und Armschlinge, der in der Tür des *General Store* stand, erwiderte nur mürrisch seinen Gruß. So kann man sich täuschen, dachte Gottfried Seidel. In einem Ort mit einem so schönen Namen hatte er sich einen freundlicheren Empfang versprochen.

»Guten Abend!«, versuchte er es noch einmal. »Mein Name ist Gottfried Seidel. Ich bin evangelischer Wanderpfarrer.«

Karl Wolter, der in Gedanken noch bei Joachim Möller war, schaute sich den Mann nun genauer an: Er hatte volles blondes Haar, trug eine gestreifte Weste mit Taschenuhr über dem ehemals weißen, nun durchgeschwitzten Hemd, eine dunkle Hose und abgewetzte, verstaubte Schuhe. In der einen Hand hielt er eine zusammengefaltete Jacke und in der anderen eine leichte Reisetasche.

»Na, das mit dem Wandern scheinen Sie ja wörtlich zu meinen«, schmunzelte Karl. »Wollen Sie nicht hereinkommen und sich ein wenig stärken?«

Gottfried Seidel nahm dankend an. Den ganzen Tag war er unterwegs gewesen und hatte kaum etwas gegessen. Er begann wieder Hoffnung zu schöpfen: Vielleicht war dieser Ort ja doch nicht so schlecht?

Karl führte ihn durch Laden und Lagerraum und dann hinten am Haus die Treppe herauf, hinein in die gute Stube. Clara kam aus dem Schlafzimmer, als sie Stimmen hörte. Sie hatte sich von Joachims Auftritt noch nicht gefangen und sagte nur flüchtig Guten Tag, versäumte es aber nicht, dem Gast eine Tasse Kaffee anzubieten.

»Bring doch auch etwas Brot und Wurst, meine Liebe«, bat Karl. »Unser Gast hat bestimmt einen Riesenhunger.«

Karl Wolter bot dem Besucher einen Stuhl am Esstisch an und setzte sich ihm gegenüber. »Werden Sie womöglich bis Sonntag bleiben und den Gottesdienst abhalten können?« Er kam gleich zur Sache. Um den heißen Brei herumzureden, war so gar nicht seine Art.

»Gerne, wenn Sie es wünschen.« Gottfried Seidel sah sich im Wohnzimmer um. »Wäre es vielleicht möglich, bei Ihnen zu übernachten? Für das Hotel habe ich kein Geld.«

»Hier im Haus ist leider kein Platz, mein Neffe und seine Familie sind gerade erst angekommen«, erwiderte Karl. »Aber ich glaube, mein Nachbar Hermann Rentz hat ein kleines Gästezimmer, das er Ihnen bestimmt zur Verfügung stellt.« In Christian Kaufmanns Fänge lasse ich dich jedenfalls nicht geraten, setzte er in Gedanken seinen Satz fort und entwickelte schnell einen Plan, wie er den Pfarrer überreden könnte, sich in Himmelsfeld niederzulassen. Mit dem Pfarrer hätte er dann einen weiteren Trumpf gegen seinen Rivalen in der Hand.

Gottfried Seidel hatte keine Ahnung, dass er bereits in den Machtkampf von Himmelsfeld hineingezogen wurde. Er erwartete auch nicht, hier länger als bis zum Sonntag zu bleiben. Diese kleinen Gemeinden konnten sich noch keine eigenen Pfarrer leisten. Aber wenn er Glück hatte, könnte er hier einmal im Monat den Gottesdienst abhalten und in zwei oder drei anderen Orten der Umgebung auch. Alles Weitere fände sich später. Einer der Orte würde mit der Zeit schon ausreichend wachsen, dass er dort vielleicht sesshaft werden könnte.

Lauter kleine Städte mit großen Plänen, dachte er. Sie sahen alle gleich aus: Eine breite Straße, die künftige Hauptstraße, mit ein paar Häusern links und rechts.

Immer war ein stattliches Hotel dabei, viel zu imposant für diese kleinen Orte. Da baute der Traum von einer glorreichen Zukunft jedes Mal mit. Aber es war nur eine Frage der Zeit, bis sich entschied, welche Städte wachsen und welche sterben würden. Bis dahin konnte er einfach die Rolle des Wanderpfarrers spielen, die ihm wie auf den Leib geschrieben war.

Sechs Jahre hatte er mit dem Studium der Heiligen Schrift verbracht, jedoch nicht in einem Seminar, sondern im Zuchthaus. Die Bibel bekam er von einem Mitgefangenen, der entlassen wurde, mit der Bemerkung geschenkt: »Das Wort Gottes wird dein Leben verändern!« Gottfried Seidel, der damals noch Karl Dreier hieß, hatte nur gelacht und das abgewetzte Buch anfangs achtlos zur Seite gelegt. Religion und Kirche waren ihm zuwider gewesen, denn sein Vater hatte ihn immer verprügelt, wenn er sich am Sonntag während des Gottesdienstes auch nur im Geringsten danebenbenommen hatte. Einmal goss ihm der Vater sogar heißes Wasser in den Nacken.

Aus Langeweile begann er, die Bibel dann aber doch zu lesen, und fand, dass vieles darin wie aus dem Leben gegriffen war. Bald nutzte er jede freie Minute, um sich in den Texten zu vergraben. Als die anderen Häftlinge anfingen, ihn zu verspotten und ihn nur noch »Herr Pfarrer« nannten, hatte er eine Eingebung: Er wollte nach Amerika auswandern und dort, wo ihn niemand kannte, als Mann Gottes tätig werden. Den Zeitungsberichten zufolge gab es dort Hunderttausende Deutsche, aber er konnte sich nicht vorstellen, dass viele Pfarrer ebenfalls ausgewandert waren. Deshalb gab es in Amerika bestimmt einen Mangel an Seelsorgern und genau da sah er seine Chance. Und er würde auch nur ein bisschen lügen: Er hatte zwar nicht wirklich Theologie studiert, trotzdem kannte er sich in der Bibel hervorragend aus.

Eine Stelle als Pfarrer würde ihm Auskommen und Ansehen sichern, und das Ganze ohne körperliche Anstrengung, die ihm zutiefst zuwider war.

Diese Absicht verstärkte sich während jener Monate, die er bei der Arbeit im Hamburger Hafen verbrachte, um Geld für die Überfahrt zu verdienen. Er sparte jeden Groschen, ging kein einziges Mal in die Kneipe, war wie besessen von seinem Ziel. Nebenbei befragte er die Seeleute über Amerika. Ihm wurde bald klar, dass an der Ostküste schon alle Pfarrstellen besetzt waren und man dort wohl auch gute Verbindungen zur Kirche in der alten Heimat hatte. Da wäre man ihm schnell auf die Schliche gekommen. Eines Tages bekam er im Hafen jedoch eine Broschüre in die Hand gedrückt, die fruchtbares Land in der endlos großen und ganz neu besiedelten Prärie versprach. Da würde niemand nachforschen, wer er eigentlich war.

Nach seiner Ankunft in Boston konnte er sich jedoch nur eine Eisenbahnfahrkarte nach Chicago leisten. Dort besorgte er sich dann auf altgewohnte Weise, mit kleinen Diebstählen, das Geld für die Weiterfahrt.

Im Dakota-Gebiet angekommen, musste Gottfried Seidel, diesen Namen hatte er sich mittlerweile zugelegt, feststellen, dass es hier noch gar keine richtigen Dörfer oder Städte gab, deren Bewohner in der Lage waren, einen Pfarrer zu bezahlen. Aber das war nur eine Frage der Zeit, war sich der Jungpfarrer sicher und beschloss, von Ort zu Ort zu wandern und Kontakte zu knüpfen. Irgendwo würde er schon hängen bleiben und jetzt saß er erst einmal im gemütlichen Wohnzimmer dieses Ladenbesitzers.

Draußen begann es an die Scheiben zu prasseln. »Da haben Sie aber Glück gehabt«, meinte Karl Wolter und deutete zum Fenster.

»Der Regen ist ein Geschenk des Himmels«, erwiderte der vermeintliche Mann Gottes.

»Ich brauche dich heute nicht mehr«, rief Christian Kaufmann seiner Köchin Mete nach, die ihm gerade das Abendessen auf den Tisch gestellt hatte und jetzt die Tür des Büros hinter sich schloss.

Der Hotelbesitzer trank einen Schluck Wein und sann darüber nach, was sich in den letzten Tagen in Himmelsfeld ereignet hatte: Da war zunächst die Ankunft von Karl Wolters Neffen samt Anhang. Am nächsten Tag kamen Onkel und Neffe dann sturmgeschädigt von einem Ausflug zurück. Was hätte er dafür gegeben, wenn Karl Wolter in dem Tornado auf Nimmerwiedersehen davongeflogen wäre! Und heute stritt sich der Gernegroß zuerst mit einem Fremden, der wohl kein gewöhnlicher Kunde war, um gleich anschließend einen Wanderer bei sich aufzunehmen.

Christian Kaufmann kratzte seinen Vollbart hier und dort und wusste nicht, wem mehr Bedeutung zuzumessen war, dem Streithahn oder dem Gast, der ihm irgendwie bekannt vorkam. Wahrscheinlich sollte er erst einmal herausfinden, wer der Neuankömmling war, denn der war ja nun hier in der Stadt. Um den anderen Gesellen würde er sich später kümmern. Da schien es möglicherweise um etwas Persönliches zu gehen. Ganz persönlich nahm es Christian Kaufmann jedenfalls, dass Karl Wolter hier das Sagen haben wollte. Dieser dahergelaufene Bauer! Was bildete der sich ein? Die Kaufmanns waren seit drei Generationen Geschäftsleute und die Gründung von Himmelsfeld war bis jetzt der Höhepunkt ihrer Familiengeschichte.

Der Vater hatte sein Hotel in Milwaukee verkauft, denn hier im Dakota-Gebiet konnte er nicht nur ein Hotel besitzen, sondern auch die ganze Stadt drumherum. Zu diesem Zweck kaufte er ein beachtlich großes Stück Land von der US-Regierung, die kurz zuvor den Indianern beinahe die gesamte Region abgehandelt hatte.

Christian Kaufmann erinnerte sich, wie merkwürdig es hier aussah, als er seinen Vater in den Anfangsmonaten besucht hatte: ein Hotel und ein Laden umgeben von einem Ozean aus Gras. Sonst nichts. Damals hatte er das alles für eine Schnapsidee gehalten und sie hatten sich deswegen sogar heftig gestritten.

Dann erreichte ihn die Nachricht vom Tod des Vaters, der ihm das Hotel und alle unbebauten Grundstücke vermachte. Mitten in der Steppe wollte er ja eigentlich nicht leben, dazu gefiel ihm das Großstadtleben in Chicago viel zu sehr. Aber er hatte sich dort mit gewissen Leuten wegen seiner Spielschulden überworfen und nahm die Gelegenheit wahr, sich aus dem Staub zu machen. Hier in der Prärie würde ihn bestimmt niemand suchen. Außerdem hatte der Vater wohl doch den richtigen Riecher gehabt: Himmelsfeld wuchs allmählich und er konnte nach und nach mehrere Grundstücke verkaufen. Das Hotel war ebenfalls ein gutes Geschäft, denn viele Neuankömmlinge brachten ihre Frauen und Kinder hier unter, während sie ihre Hütten bauten.

Karl Wolter war ihm sofort ein Dorn im Auge gewesen, denn der schien zu denken, dass er hier den großen Mann spielen könnte, obwohl die Stadt ja praktisch ihm, Christian Kaufmann, gehörte.

Im Prinzip wollten sie beide das Gleiche, nämlich dass der Ort schnell wuchs und sie dadurch zu Wohlstand gelangten. Allerdings müsste in einer richtigen Stadt auch jemand das Sagen haben, und zwar als Bürgermeister. Auf dieses Amt würden sie wohl künftig beide Anspruch erheben. Als Sohn des Stadtgründers und gebürtiger Amerikaner kam er dafür zweifellos eher infrage. Karl Wolter maßte sich jedoch an, als Stadtmitbegründer aufzutreten und bildete sich zudem etwas darauf ein, älter zu sein. Er glaubte anscheinend, dass die Wahl nur auf ihn fallen konnte. »Aber da täuschst du dich«, flüsterte Christian Kaufmann. »Mir nimmst du meine Stadt nicht weg.«

9. August 1881

Marie setzte sich zu Clara auf den Kistenstapel hinter dem Laden. Die beiden Frauen kamen – zu Maries Überraschung – gut miteinander aus. Zu Hause hatte sie Clara wegen ihres großen Mundwerks nicht besonders gemocht. Hier war sie zwar noch immer sehr selbstbewusst, aber auch wesentlich gereifter. Das bringt das Muttersein mit sich, dachte Marie.

Jetzt jedoch hatte Clara Tränen in den Augen.

»Was ist denn los?«, fragte Marie und legte ihre Hand auf Claras Arm.

»Ach, nichts. Manchmal ist mir alles zu viel. Daheim im Dorf war es irgendwie einfacher.«

»Hast du etwa gerne auf dem Gut gearbeitet?«

»Nein, natürlich nicht. Aber trotzdem habe ich Heimweh. Ich habe meine Mutter und meine Schwestern schon seit vier Jahren nicht gesehen.«

»Schreiben sie dir?«

»Alle paar Monate. Im Dorf passiert ja kaum was.« Clara lachte ein wenig und rieb sich mit dem Ärmel über die Augen. »Meine kleine Schwester hat gerade geheiratet. Einen Schuster aus Demmin. Jetzt lebt sie in der Stadt, das wollte sie schon immer.«

»Du lebst ja nun auch in der Stadt.«

»Na ja, was man so Stadt nennt. Genauer gesagt, was Karl Stadt nennt.«

»Er meint, dass Himmelsfeld in ein, zwei Jahren genauso groß wie Watertown sein wird.«

»Kann schon sein. Hoffentlich hat er recht. Neulich war eine Frau im Laden und hat erzählt, dass Miller schon viel größer als Himmelsfeld ist. Die haben sogar eine freiwillige Feuerwehr. Wenn Karl das hört, wird er hier auch gleich eine haben wollen.« Sie schüttelte den Kopf. »Als ob eine Zeitung nicht genug Arbeit macht.«

»Eine Zeitung?«

»Ja, ist das nicht verrückt? Karl denkt, dass er damit Christian Kaufmann eins auswischen kann.«

»Ist das denn so wichtig?«

»Ich sag immer zu Karl: Nun warte doch mal ab, das Landleben passt ja gar nicht zu Christian Kaufmann. Wenn's dem hier zu langweilig wird, verschwindet er schon.«

»Glaubst du?«

»Na klar, der einzige Grund, warum der noch hier ist, ist doch, dass er es Karl zeigen will.«

»Ist das nicht ein bisschen kindisch?«

»Das kannst du laut sagen! Die sind beide so stur, da kann man nichts machen.«

»Und Joachim? Wo kommt der denn auf einmal her? Ich hatte ihn doch ein paar Tage vor unserer Abfahrt noch im Dorf gesehen.«

»Ja, das ist wirklich merkwürdig. Der macht mir auch viel mehr Sorgen als Christian Kaufmann. Meine Mutter hat mal gesagt, dass Menschen aus Habgier schlimme Sachen anstellen, aber aus Eifersucht zu allem fähig sind. Das war, als Joachim einen Kerl aus Hinrichshagen halb totgeschlagen hat, weil der mir schöne Augen gemacht hatte.«

»Ja, ich kann mich daran erinnern. Das ganze Dorf hatte davon geredet. Mein Bruder meinte damals, dass er sich mit Joachim auf keinen Fall prügeln würde.«

»Sein Vater hat ihn fast jeden Tag geschlagen. Der hat auch so viel getrunken. Ist immer blau nach Hause gekommen und hat laufend Frau und Kinder übers Knie gelegt.«

»Hast du Joachim eigentlich gern gehabt?«

»Am Anfang ja, da war er gar kein schlechter Kerl. Aber die Sauferei, das ist doch nichts auf Dauer. Und dann hat er mich auch mal geschlagen, im Suff. Da wollte ich ihn nicht mehr heiraten. Karl kam wie gerufen. Da konnte ich weg vom Dorf. Nicht auszudenken, wenn ich da einen anderen geheiratet hätte und Joachim ständig über den Weg gelaufen wäre.«

»Aber jetzt ist er hier ...«

»Ja, ist er.« Clara seufzte und stand auf. »Nach Himmelsfeld kommt er hoffentlich nicht wieder. Ich will auf gar keinen Fall, dass er Johanna begegnet.«

10. August 1881

Hans stand zwischen den massiven Wänden, die er in den letzten Tagen aus Grasblöcken aufgestapelt hatte. Ein Dach gab es noch nicht, er blickte direkt in den blauen, wolkenlosen Himmel. Den Tür- und die zwei Fensterrahmen in der Vorderwand hatte er aus starken Brettern gebaut, die Grasplatten darumgestapelt und die Ritzen mit loser Erde abgedichtet. Der Wind wehte in dieser Gegend beständig aus Nordwesten, deshalb war es am besten, Türen und Fenster nach Südosten zu legen. Dies und viele andere nützliche Dinge hatte er bereits von seinen neuen Nachbarn gelernt.

Es war schon merkwürdig: Er war hier genau genommen ein Fremder in der Fremde, denn seine Nachbarn kannten sich alle schon seit Generationen, stammten sie doch allesamt aus dem gleichen Dorf in Russland. Hans stellte sich vor, wie es gewesen wäre, wenn aus seinem Dorf alle gemeinsam ausgewandert wären. Dann stände der liebe Herr Gutsverwalter jetzt ohne Leute da und müsste selbst aufs Feld. Hans lachte.

»Na, schon den Verstand verloren in dieser Graswüste?« Heinrich Brenner steckte den Kopf durch das Loch in der Vorderwand der Hütte, dort, wo eines der Fenster sein würde.

»Hab nur an was Lustiges gedacht«, erwiderte Hans verlegen.

»Na, dann ist ja gut«, schmunzelte der Nachbar. »Wie geht es denn mit dem Bau voran?«

»Ich überlege mir gerade, wie ich das Dach am besten baue, wegen der Kälte im Winter.«

»Komm mal mit rüber zu mir, ich zeig dir mein Dach«, forderte ihn Heinrich mit einer einladenden Kopfbewegung auf. »Und du kannst auch gleich mit uns essen, deswegen bin ich nämlich hier.«

Die beiden gingen an einem frisch gepflügten Streifen Ackerland entlang. Vom Pflügen versteht er was, dachte Heinrich Brenner zufrieden. Er mochte den Neuankömmling, der das Gegenteil seines großspurigen Onkels war: kein Wort zu viel und immer freundlich. Er hatte das Schlimmste erwartet, als er erfuhr, dass Karl Wolter dieses Stück Land für seinen Neffen reserviert hatte.

»Das Dach muss die Hütte nicht nur warm halten«, sagte er zu Hans, »es muss auch eine Menge Schnee tragen können.«

»Das kann ja was werden mit dem Winter«, murmelte Hans.

»Wir sind aus Russland an harte Winter gewöhnt, trotzdem ist es was anderes, wenn man nicht in einem Dorf, sondern alleine mitten auf dem Feld wohnt, und dann noch in solchen Hütten«, erwiderte Heinrich Brenner. »Aber immer noch besser, als meine Söhne in der Armee des Zaren dienen zu lassen.«

So hat halt jeder seine Gründe, hierher zu kommen, dachte Hans und sagte: »Meine Kinder werden es hier auch besser haben als daheim.«

Joachim Möller war ebenfalls wegen seines Kindes nach Nord-Dakota gekommen, allerdings war seine Tochter schon hier und er hatte sie noch nie gesehen.

Als er den *General Store* in Miller, das vor vier Wochen noch Odessa geheißen hatte, betrat, fühlte er sich zunächst wie ein ganz normaler Kunde. Hier gab es niemanden, mit dem er ein Hühnchen zu rupfen hatte.

An der Ladentheke unterhielten sich zwei ältere Männer mit dem Besitzer. Obwohl sie Deutsch sprachen, mussten sich Joachim Möllers Ohren erst an den Dialekt gewöhnen. Eines wurde ihm jedoch schnell klar: Das Gespräch drehte sich um Himmelsfeld. Der Ladenbesitzer, ein kleiner rundlicher Mann mit Glatze und himmelblauen stechenden Augen, beobachtete ihn argwöhnisch, während er mit den Kunden, die wie Bauern aussahen, mit gesenkter Stimme redete. Joachim Möller schritt kurzentschlossen auf die Theke zu. Die drei Männer verstummten und sahen ihn gespannt an.

Nun war er kein gewöhnlicher Kunde mehr. »Keine Sorge«, sagte er lächelnd. »In Himmelsfeld mag man mich nicht besonders.«

Die beiden Bauern blickten zum Ladenbesitzer, der die Stirn runzelte. »Wie belieben?«

»Nun, ich hatte den Eindruck, ihr wollt nicht, dass ich mitbekomme, worüber ihr euch unterhaltet.«

»Ich habe dich hier noch nie gesehen. Darf man fragen, wer du bist und wo du herkommst?«

»Joachim Möller. Ich habe hier in der Nähe Land bekommen. Aber eigentlich komme ich aus Mecklenburg.«

»Wie der Himmelsfelder!«

»Karl Wolter?«

»Den kennst du natürlich.« Das Gesicht des Ladenbesitzers spannte sich.

»Ja, leider. Von früher. Der schuldet mir noch was.«

»Was denn?«

»Frau und Tochter.«

Der Ladenbesitzer goss Joachim Möller schmunzelnd einen Becher Kaffee ein. »Na, dann erzähl doch mal!«

Spätsommer

3. September 1881

Alle starrten die junge schwarze Frau an. Sie stand neben Christian Kaufmann, der soeben »Welcome to your first day of school!« in den Raum gerufen hatte.

Der Hotelbesitzer war sichtlich zufrieden: Er hatte die Einwohner von Himmelsfeld überzeugt, dass eine Schule notwendig war, um das Wachstum der Stadt zu beschleunigen und damit im Rennen um den Eisenbahnanschluss zu bleiben. Aber nicht nur das, er hatte auch durchgesetzt, die Kinder ausschließlich auf Englisch zu unterrichten. Mit Vergnügen nahm er wahr, wie Karl Wolter hinten im Raum ein griesgrämiges Gesicht zog.

Es war gar nicht so einfach gewesen, kurzfristig noch eine Lehrerin zu finden. Auf seine Inserate in den beiden Zeitungen von Watertown hatte sich zunächst nur eine einzige Bewerberin, eine Norwegerin, gemeldet. Ihre Englischkenntnisse waren jedoch katastrophal und Christian Kaufmann schickte sie gleich wieder fort. Eine Woche später kam dann Mary Bayne in sein Hotel und erkundigte sich nach der Stelle. Ihr Vater hatte eine Homestead östlich von Watertown.

An eine Schwarze als Lehrerin hatte Christian Kaufmann überhaupt nicht gedacht, aber er freundete sich schnell mit dem Gedanken an, da Mary Bayne nur Englisch sprach. Damit wäre jeder Versuchung, die Kinder doch auf Deutsch zu unterrichten, ein Riegel vorgeschoben.

In Miller, das mittlerweile etwa viermal so groß wie Himmelsfeld war, gab es schon seit dem Frühjahr eine Schule, aber dort fand der Unterricht nur auf Deutsch statt. Nach einigem Hin und Her hatte auch Karl Wolter eingesehen, dass es von Vorteil wäre, Himmelsfeld gegenüber der Eisenbahngesellschaft als amerikanische Stadt und nicht als deutsche Siedlung zu präsentieren. Er bestand allerdings darauf, dass Gottfried Seidel die Sonntagsschule weiterhin in deutscher Sprache abhielt.

Der Bau der kleinen Schule dauerte nur zwei Tage. Sämtliche Eltern, hauptsächlich Bauern aus der näheren Umgebung, hatten Hand angelegt. An den Baukosten waren alle Eltern gleichermaßen beteiligt. Einige bezahlten ihren Anteil gleich, für die anderen schoss Christian Kaufmann den Betrag vor.

Die dreißig Pulte im einzigen Klassenzimmer waren heute allesamt besetzt, links von den Jungen, rechts von den Mädchen. Die Eltern drängten sich hinten im Raum und entlang der Wände.

»This is your teacher, Miss Bayne«, stellte Christian Kaufmann den verwirrten Kindern ihre Lehrerin vor. »Your parents will leave now.«

Als sich nur Jacob Stewart anschickte, den Raum zu verlassen, fügte er hinzu: »Die Eltern können jetzt gehen.« Wird Zeit, dass die auch alle mal Englisch lernen, dachte er, wie wollen die denn hier zurechtkommen?

Karl Wolter lief eiligen Schrittes nach Hause. Sollte sich Christian Kaufmann doch mit niederen Dingen wie der Schulverwaltung beschäftigen, mit einer Zeitung würde er nicht mithalten können.

»Karl, warte auf mich!« Marie, die ihre Söhne zur Schule gebracht hatte, versuchte ihn einzuholen.

Karl blieb stehen und drehte sich um. »Tut mir leid, ich war ganz in Gedanken.«

»Ja, das hab ich gemerkt.«

»Hast du gesehen, wie der feine Herr da herumgegockelt ist? Der soll sich bloß nichts einbilden!«

»Ach, du und Christian Kaufmann. Warum könnt ihr euch denn nicht vertragen?«

»Der erinnert mich einfach zu sehr an unseren Gutsverwalter.«

»An Hermann Ahrens? Hm, jetzt, wo du das sagst ...«

»Genau.«

»Der ist übrigens im Mai gestorben.«

»Ach nee.«

»Ja, Schlaganfall.«

»Das wundert mich nicht. Der hat viel zu viel rumgeschrien. Tat immer so, als gehörte das Gut ihm.«

»Der war mir aber lieber als der neue Verwalter. Wilhelm Streich heißt der. Hans ist mit dem überhaupt nicht zurechtgekommen. Ein Glück, dass wir da weg sind. Meine armen Eltern ...«

»Wenn ihr hier Fuß gefasst habt, holt ihr sie nach. Dann bekommen sie auch Land. Hans kann ihnen damit helfen. Das wird sich für euch alle lohnen. Je mehr Land, desto besser.«

»Jetzt klingst du selber schon wie ein Gutsherr.«

»Ach was, das kann man gar nicht vergleichen.«

»Verdammt noch mal!« Georg Block stocherte mit der Stiefelspitze in einem verkohlten Balken.

Die Scheune, die zum Trocknen der Tabakblätter diente, war komplett niedergebrannt.

Alfred Kuphal spuckte einen Sonnenblumenkern aus. »Einer von meinen Männern hat Karl Wolter hier in der Nähe gesehen.«

»Was du nicht sagst!« Georg Block sah seinem Geschäftspartner in die Augen. »Wann war das?«

»Gestern Abend, kurz vor Einbruch der Dunkelheit.«

»Und wo?«

»Ungefähr fünf Meilen von hier.«

»Fünf Meilen von hier? Soll das ein Witz sein? Ich kenne mindestens zwei, drei Leute im Umkreis von fünf Meilen, die auch zu so einer Schandtat imstande wären.«

»Aber es ist doch merkwürdig, dass der ausgerechnet hier in der Gegend war, oder nicht? Was hätte der denn sonst für einen Grund, hierher zu kommen?«

»Vielleicht wollte er dem Kerl, dem er die Braut gestohlen hatte, einen Besuch abstatten. Wohnt der nicht in der Nähe?«

»Joachim Möller. Ja, der hat seine Homestead drüben beim Kimmel Creek.«

»Und auf dem Rückweg zündet er unsere Scheune an. Glaub ich nicht. Der weiß doch, dass ihn hier jeder kennt.« Georg Block ging zurück zu seinem Wagen. »Wir müssen unbedingt besser aufpassen.«

»Und falls er dahintersteckt? Er muss es ja nicht selber gewesen sein.«

»Sollte er etwas damit zu tun haben, werden wir es ihm heimzahlen.« Mit einem letzten Blick auf die niedergebrannte Scheune fügte er hinzu: »Das meine ich wörtlich.«

Alfred Kuphal nickte zufrieden.

5. September 1881

Joachim Möller wuchtete die Erdplatte auf die etwa kniehohe Stallwand. Er hielt einen Moment inne und genoss den Anblick der vier kerngesunden Kühe, die sich das Präriegras schmecken ließen. Das Schicksal meinte es endlich einmal gut mit ihm.

Heute vor drei Monaten hatte ihm der neue Gutsverwalter die Fahrkarte nach Amerika in die Hand gedrückt. Einige Tage zuvor war es im Stall fast zu einer Prügelei zwischen ihnen gekommen und der Kerl wollte ihn danach anscheinend loswerden. »Unruhestifter wie dich kann ich hier nicht gebrauchen«, hatte er gesagt.

Joachim war beinahe in die Luft gegangen, begriff dann aber noch rechtzeitig, dass dies die beste und womöglich einzige Gelegenheit sein würde, es Karl Wolter heimzuzahlen und vielleicht sogar Clara zurückzugewinnen.

Zwei Tage später saß er im Zug nach Hamburg. Das Dorf würde er nicht vermissen. Seine Eltern waren lange tot, seine Schwester wohnte im Nachbardorf und mied ihn.

Das Trinken gewöhnte er sich auf der Überfahrt ab, es vertrug sich einfach nicht mit dem Wellengang und dem Leben an Bord. Die Hitze und die sanitären Verhältnisse unter Deck, wo die Fahrgäste der untersten Preisklasse während der gesamten Fahrt bleiben mussten, waren kaum auszuhalten. Joachim sah, wie mehrere

Leichname, besonders kleine Kinder und alte Leute, ins Wasser geworfen wurden.

Die Stimmung unter den Passagieren war gegen Ende der Reise ausgesprochen gereizt und Joachim prügelte sich mit einem Großmaul aus Rostock, dem er mit einem gezielten Schlag die Nase brach.

In der letzten Nacht lauerte ihm der Rostocker dann mit einem Messer auf und stach ihm in den Arm. Wäre Joachim nicht schnell genug ausgewichen, hätte er die Klinge zwischen den Rippen gehabt.

Er stieß dem Angreifer blitzschnell das Knie in den Magen. Der Rostocker krümmte sich und Joachim nahm ihn von hinten in den Würgegriff. Die vielen Prügeleien im Laufe durchzechter Nächte zahlten sich aus, er konnte es mit jedem aufnehmen. Er entrang dem nach Luft Röchelnden das Messer und setzte es ihm an die Kehle.

Als er dem Rostocker gerade »Ich stech dich ab, du Schwein!« ins Ohr geflüstert hatte, kam ein kleines Mädchen den Gang hinuntergelaufen und blieb erschrocken stehen.

Joachim gab dem Rostocker nach kurzem Zögern einen kräftigen Tritt. »Verschwinde!«

Das Messer warf er einige Stunden später, als New York am Horizont auftauchte, ins Wasser.

Und jetzt war er hier, hatte eigenes Land, vier Kühe und Grund genug anzunehmen, dass dies erst der Anfang war. In den letzten Wochen waren Dinge geschehen, die er sich in seinen kühnsten Träumen nicht vorgestellt hatte, und wenn er es richtig anstellte, würde er Clara und seine Tochter wiederbekommen und ihnen zudem ein gutes Leben bieten können. Dass das Schicksal so eine Wendung nehmen konnte, dachte er, das ist doch wirklich kaum zu glauben.

10. September 1881

»Verdammt!« Konrad Meier hatte sich mit dem Hammer auf den Daumen geschlagen.

»Was ist denn los? Das passiert dir doch sonst nie.« Christine, seine Frau, unterbrach das Aufhängen der Wäsche und sah ihn besorgt an.

»Dieser verfluchte Halsabschneider! Ich muss immerzu an ihn denken.«

»Karl Wolter?«

»Na, wer sonst? Jetzt will er auch noch, dass ich nächste Woche für ihn eine Druckmaschine von Watertown nach Himmelsfeld kutschiere.«

»Eine Druckmaschine? Was will er denn damit?«

»Weiß der Teufel. Mir hat er das nicht gesagt.« Konrad stieg die klapprige Leiter hinunter.

Christine goss ihm einen Becher Tee ein. »Warum hat er nicht Jacob Stewart gefragt? Der transportiert doch solche schweren Sachen jeden Tag.« Sie blickte zum Stall hinüber. »Unsere armen Pferde.«

»Ja, und die Ernte ist in vollem Gange und das Haus hier auch noch nicht fertig!« Konrad sah Christine an. Einen weiteren Winter würde sie in der Erdhütte wohl nicht überleben. Er nahm einen großen Schluck. »Dass ich mich so bei dem verschulden musste! Jetzt sagt er, dass er mir nichts mehr anschreibt, wenn ich die Druckmaschine nicht hole ...«

»Das kann er doch nicht machen!«

»Der kann alles. Inzwischen hat schon fast jeder Schulden bei ihm.«

»Außer Christian Kaufmann.«

»Ja, außer Christian Kaufmann. Mit dem wird er sich auch übernehmen. Ist dir schon mal aufgefallen, was der für gemeine Augen hat?«

»Ich habe noch nie mit ihm gesprochen.«

»Der lächelt dich an, aber seine Augen sind eiskalt. Mit dem würde ich mich jedenfalls nicht anlegen.«

»Musst du ja auch nicht.«

»Auf keinen Fall darf ich die Gäule zu sehr anstrengen. Ich möchte nicht wissen, was so eine Druckmaschine wiegt. Und dann noch auf dem alten Wagen, den brauche ich doch für die Ernte.«

»Du schaffst das schon. Lass dir einfach Zeit.«

»Na, du bist gut. Hier gibt es so viel zu tun!«

»Du bist ein guter Mann.« Sie umarmte ihn. »Der Herr im Himmel wird dich belohnen. Solche wie Karl

Wolter und Christian Kaufmann wird er strafen.«

Konrad seufzte. »Bestimmt hast du recht. Es würde mich jedenfalls kaum verwundern, wenn es Himmelsfeld in ein paar Jahren gar nicht mehr gibt.«

Christine füllte Tee nach. Konrad dachte einen Moment lang nach und fuhr fort: »Erinnerst du dich an Manchester, die kleine Stadt, in der wir übernachtet haben, bevor wir nach Watertown weiterfuhren?«

Christine nickte.

»Die ist wie vom Erdboden verschwunden, hat Anton Müller gesagt, weil Mitchell zehn Meilen südlich die Eisenbahn bekommen hat. Die sind alle dorthin gezogen und haben jedes Brett mitgenommen. Und Manchester weint niemand eine Träne nach.«

Konrad schnappte sich die Leiter, stellte sie einige Schritte weiter wieder an die Hauswand und sah Christine an. »An den Leuten in Miller werden sich die Himmelsfelder die Zähne ausbeißen.«

Schnell stieg er die Leiter hoch und warf einen Blick auf seine Felder. Er könnte nie etwas anderes tun als Bauer sein. Das hatte Hand und Fuß. Diese Leute, die große Träume für ihre neu gegründeten Städte hatten, so wie Karl Wolter, begriff er nicht. Wenn man den wie besessen über die großartige Zukunft von Himmelsfeld reden hörte, konnte man wirklich glauben, dass er den Verstand verloren hatte.

Konrad Meier war das Schicksal von Himmelsfeld jedenfalls egal. Für ihn zählte nur, dass er hier auf seinem Land überlebte, und Karl Wolter würde er bestimmt nicht vermissen.

14. September 1881

Die Sonne war gerade hinter dem Horizont verschwunden und Hans blickte in den sternenklaren Himmel. Er knüpfte sich die Jacke zu. Es wurde immer früher dunkel und die Nächte waren bereits recht kühl. Wie gut, dass er gestern eine Wagenladung Kohle herangeschafft hatte.

Er wollte hier auf jeden Fall bis zum ersten Schneefall weiterpflügen. Das umgepflügte Gras würde im Winter verrotten und den jungfräulichen Boden noch fruchtbarer machen, als er ohnehin schon war.

In den letzten zwei Monaten hatte er viel geschafft: Die Hütte und den Stall hatte er aus Grasplatten aufgeschichtet sowie die notwendigsten Möbel hergestellt. Zusammen mit Michael, dem jüngsten Sohn seines Nachbarn, grub er einen Brunnen. Als Gegenleistung ging er Michael beim Pflügen zur Hand. Heinrich Brenner und seine beiden anderen Söhne, Thomas und Andreas, waren nämlich fast zwei Wochen lang fort gewesen. Sie halfen bei verschiedenen Bauern in der Nähe von Watertown bei der Ernte, um Geld für die Beschaffung von Wintervorräten zu verdienen. Hans wollte zuerst mitgehen, aber sein Onkel meinte, dass er so viel wie möglich auf seinem eigenen Land arbeiten solle und von ihm bekäme, was er für den Winter brauchte. »So weit kommt das noch«, hatte Karl gedröhnt. »Ich lasse jeden Bauern bei mir anschreiben, da mache ich doch bei meinem Neffen keine Ausnahme!« Mit diesen Worten gab er ihm genug Geld, um eine Milchkuh und zehn Legehennen zu kaufen.

Als Hans wegen des Hühnerkaufs in Watertown war, lief ihm Konrad Meier über den Weg. Bei dieser Gelegenheit brachte Hans das Gespräch noch einmal auf die Besonderheiten des Winters in dieser Gegend. Er hätte natürlich auch seinen Onkel fragen können, aber der schien derzeit zu sehr mit anderen Dingen beschäftigt zu sein und war darum nicht gerade redselig.

Konrad Meier war dagegen wie immer gern bereit, seine Erfahrungen ausführlich zu schildern: »Stell dir vor: Alles, aber auch alles, Himmel und Erde, ist weiß. Wenn es so richtig schneit, kannst du gerade mal deine Hand am ausgestreckten Arm sehen. Jakob Kurz aus Schlesien ist hier letzten Winter erfroren, weil er den Weg vom Stall zum Haus nicht mehr gefunden hat. Als der Schnee weggetaut war, haben sie seine Leiche drei Meilen entfernt mitten auf dem Feld entdeckt. Dabei lagen zwischen Stall und Haus nur ein paar Schritte. Hat es schlichtweg verfehlt. So schnell kann das gehen! Seitdem habe ich eine Leine vom Haus zum Stall gespannt. Was würde denn aus meiner Christine werden, wenn ich einfach nicht wiederkomme und irgendwo auf dem Acker erfriere?«

Nach diesem Gespräch kamen Hans wieder Zweifel: War es richtig gewesen, seine Familie hierher zu bringen? Aber dann dachte er an das Land, sein Land! Beim Pflügen hatte er sich vorgestellt, wie er die Felder im Frühjahr bestellen und wie er den Weizen im Herbst in Watertown abliefern würde. Bei einer guten Ernte könnte er vielleicht schon nächstes Jahr ein anständiges Haus bauen. Zwei oder drei Jahre wie die meisten Siedler wollte er auf keinen Fall in einer Erdhütte wohnen bleiben.

»Wenn Werner kommt, wird hier alles anders.« Katarina war dabei, die Bucht der Ochsen auszumisten.

»Was wird anders?« Friederike, die gerade damit fertig war, die Kuh zu melken, stand auf und ging zu Katarina hinüber.

»Ich werde dir nicht mehr ständig hinterherlaufen müssen.«

»Was habe ich denn jetzt schon wieder falsch gemacht?«

»Du hast vergessen, den Ochsen frisches Wasser zu geben!«

»Das wollte ich gleich noch machen.«

»Ja, das sagst du immer.«

Friederike erwiderte nichts, sondern rannte aus dem

Stall. Katarina stellte die Mistgabel an die Wand und rief ihr nach: »Friederike! Mach deine Arbeit fertig!«

Keine Antwort. Katarina lief zur Tür und horchte in die Dunkelheit. Stille. Sie ging zurück in den Stall und begann, Stroh auf den Stallboden zu streuen.

Es war nicht einfach, die Verantwortung zu tragen. Zu Hause im Dorf hatte der Vater alles bestimmt und Friederike hatte ihm gehorcht. Von ihr, der älteren Schwester, wollte sie sich jedoch schon damals nichts sagen lassen und jetzt war das noch viel schlimmer geworden. Dass es hier ums Überleben ging, hatte sie anscheinend nicht begriffen. Bei jeder Gelegenheit schwatzte sie mit Thomas Brenner. Dabei gab es so viel zu tun. Sie hatten noch lange nicht genug Heu für den Winter, geschweige denn Essen und Brennmaterial. Die Zeit lief ihnen davon und Bargeld hatten sie auch keines.

Sie hatte vorgeschlagen, dass Friederike sich eine Arbeit in Watertown sucht, um etwas Geld zu verdienen, aber sie hatte sich geweigert, wohl weil sie in der Nähe von Thomas sein wollte.

Vielleicht sollte sich Katarina selbst eine Stelle suchen und Friederike könnte hier bleiben und sich um die Tiere kümmern. Beide konnten sie nicht in die Stadt ziehen, dann würden sie das Land wieder verlieren. Das durfte nicht passieren. Sie musste durchhalten, koste es, was es wolle, mit oder ohne Friederike, denn sie hatte Werner zum Abschied versprochen, dass sie Land für ein gemeinsames Leben haben würden, sobald er nachkam.

15. September 1881

Marie Sievers betrachtete die jungen Kartoffeln in ihren Händen und dachte an zu Hause. Dort war der Boden zwar sandiger, aber der Garten musste trotzdem nicht so oft gegossen werden. Hier dagegen verbrachte sie wegen der Hitze jeden Morgen und jeden Abend damit, Eimer zu schleppen und zu gießen. Drei Dutzend Mal rannten Martin und sie von der Pumpe zu den Beeten. Christian kam kaum nach, die leeren Eimer schnell genug zu füllen. Jetzt waren ihre Söhne allerdings wie jeden Vormittag in der Schule. Emma und Johanna spielten mit ihren Puppen bei der Treppe, die zum Hintereingang des Ladens führte.

Marie trank einen Schluck Wasser und begann von den Schatten spendenden Obstbäumen im heimischen Dorf zu träumen. Dort aßen sie bestimmt schon Apfelkuchen. Hier jedoch gab es keinen Apfel weit und breit. Warum eigentlich? Marie rieb sich den Sand vom Rock und machte sich auf den Weg ins Haus, um Clara oder Karl zu fragen, ob man hier irgendwo Apfelbäume kaufen könnte.

Als sie das Haus betrat, hörte sie Clara schimpfen: »Wozu brauchen wir denn eine Zeitung?« und Karl antworten: »Damit der Herr Hotelbesitzer dumm aus der Wäsche guckt.«

»Das ist doch kindisch!«

»Kindisch? Der führt sich hier auf wie der liebe Herr

Gutsverwalter daheim.«

»Das hast du nun schon hundertmal gesagt. Findest du nicht, dass du übertreibst?«

»Du hättest mal sehen sollen, wie der bei der Schuleröffnung den großen Mann gespielt hat!«

»Na immerhin hat er dafür gesorgt, dass wir nun eine Schule haben.«

»Fällst du mir jetzt in den Rücken?«

»Ich und dir in den Rücken fallen? Du denkst ja nur noch an Christian Kaufmann. Johanna und mich hast du völlig vergessen.«

»Was?«

»Immerzu bist du in Watertown und ich muss mich hier alleine um den Laden kümmern.«

»Du spinnst doch!«

Marie hörte, wie eine Tür zuknallte und Clara zu schluchzen anfing.

16. September 1881

Hermann Rentz trieb die Pferde an und verfluchte seine Entscheidung, heute Waren aus Watertown holen zu wollen. Er war erst seit zehn Minuten unterwegs und schon bis auf die Haut nass. Umkehren war wohl das einzig Richtige.

Gerade als er eine gute Stelle zum Wenden gefunden hatte, sah er in nicht allzu großer Entfernung einen Wagen mitten auf dem Weg stehen. Auf dem Kutschbock saß niemand, aber ein Junge lief aufgeregt um die Pferde herum.

Beim Näherkommen wunderte er sich für den Bruchteil einer Sekunde, warum der Junge eine Glatze hatte, erkannte dann jedoch Konrad Meier, der dabei war, die Pferde auszuspannen. Die Vorderräder machten eine Grätsche, der Kasten berührte vorn fast den Erdboden. Hermann Rentz hielt an und stieg ab.

Konrad Meier bemerkte ihn nicht gleich und fluchte vor sich hin: »Dieses verdammte Arschloch! Das wird er bezahlen!«

Er zuckte zusammen, als Hermann Rentz rief: »Konrad! Was ist passiert?«

»Die verfluchte Achse ist gebrochen! Wegen der Scheißdruckmaschine! Ich hab's ja geahnt.«

»Was denn für eine Druckmaschine?«

»Na, das Scheißding da!« Auf der schiefen Ladefläche war eine große Holzkiste bis an die Kutschbank herangerutscht. »Gehört Karl Wolter.«

»Und was machst du damit?«

»Das möchte ich auch mal wissen! Gezwungen hat er mich, der Schweinehund, dass ich sie abhole aus Watertown.« Konrad führte die Pferde um den Wagen herum. »Aber das ist mir jetzt scheißegal.«

Hermann Rentz überlegte. »Ich fahre nach Himmelsfeld zurück. Wir können sie auf meinen Wagen stellen.«

»Viel zu schwer. Soll er sie selber holen. Kannst du ihm Bescheid geben?«

»Und was machst du?«

»Ich geh nach Hause. Ich hab die Schnauze voll. Der soll mir doch den Buckel runterrutschen. Von nun an kaufe ich in Miller ein.«

8. Oktober 1881

Der gut besuchte Gottesdienst im Schulhaus war gerade zu Ende gegangen. Die Bauern der Umgebung schwatzten munter miteinander und legten keine Eile an den Tag, den Raum zu verlassen. Der Gottesdienst war eine der wenigen Gelegenheiten, wo sie mit jemandem, der nicht zur Familie oder den unmittelbaren Nachbarn gehörte, plaudern konnten. Wegen der guten Ernte waren sie ausgesprochen froh gelaunt.

Nachdem dann doch alle das Gebäude verlassen hatten, standen Christian Kaufmann und Gottfried Seidel als Letzte beim Ausgang. Der Hotelbesitzer war schon halb aus der Tür gewesen, als er plötzlich stehen blieb und betont gleichgültig fragte: »Karl Wolter konnte wohl heute nicht kommen?«

»Soweit ich weiß, musste er in einer dringenden Angelegenheit nach Watertown.«

»Am Sonntag?«

»Nun ja, ungewöhnlich ist das schon. Das ist der erste Gottesdienst, den er verpasst hat.«

»Ich werde jedenfalls immer hier sein. Nach Ihnen, bitte.« Christian Kaufmann trat ein wenig zur Seite und ließ dem Pfarrer auf der kleinen hölzernen Treppe den Vortritt. Der bedankte sich und stieg vorsichtig die vom Regen rutschigen Stufen hinunter. Dabei beugte er den Kopf nach unten.

Christian Kaufmann verschlug es für einen Augenblick den Atem, als er die vernarbte Haut sah, die unter dem gestärkten Hemdkragen auf dem Nacken des Pfarrers sichtbar wurde. Natürlich! Jetzt wusste er auf einmal, warum ihm dieser Kerl so bekannt vorkam. Er wollte sich an die Stirn schlagen, lächelte dann aber nur, als sich Gottfried Seidel zu ihm umdrehte.

11. Oktober 1881

»Ich bin ja mal gespannt, wie er reagiert.« Karl Wolter stand hinter den im Schaufenster aufgestapelten Dosen und beobachtete das Geschehen auf der anderen Straßenseite: Christian Kaufmann war auf eine Leiter gestiegen und gab der Aufschrift *Hotel* einen neuen Anstrich.

Clara schüttelte nur den Kopf, während Karl aus dem Laden trat und langsam über die Straße ging. Auf dem Bürgersteig vor dem Hotel angekommen, rief er: »Guten Morgen, der Herr!«

Christian Kaufmann stieg die Leiter hinunter und als sie auf Augenhöhe waren, sagte er: »Ja, bitte?«

Karl Wolter lächelte und reichte seinem Gegenüber, der auf der untersten Stufe der Leiter stand, die erste Ausgabe des *Himmelsfelder Boten.* Nun war der langersehnte Augenblick gekommen. Er sah, wie Christian Kaufmann erstaunt den Namen der Zeitung las und schluckte.

»Eine deutsche Zeitung?« Er schüttelte den Kopf. »Das wird uns in Sachen Eisenbahnanschluss nicht weiterbringen!« Nachdem er die Titelseite überflogen hatte, drückte er das Blatt gegen Karl Wolters Brust. »Gut, du hast endlich eingesehen, dass Himmelsfeld in meinen Händen bestens aufgehoben ist.« Er begann, die Leiter wieder hochzusteigen.

»Wohl kaum, aber wie du weißt, ist Himmelsfeld noch zu klein, um einen Bürgermeister zu wählen. Die Entscheidungen werden bis dahin woanders getroffen.«

Christian Kaufmann blickte von der Leiter aus auf seinen Widersacher hinunter. »Dass ich nicht lache!« Aber er lachte nicht.

Karl Wolter schritt zufrieden zu seinem Laden zurück und sah sich dabei die Titelseite seiner Zeitung an.

Republikaner nominieren Karl Wolter als Landrat stand dort geschrieben. Er war ja selbst überrascht gewesen, als ihn der Parteivorstand am Sonntag nach Watertown gerufen und ihm dieses Angebot gemacht hatte. Der bisherige Kandidat war schwer erkrankt. Die Vorstandsmitglieder waren sich untereinander nicht grün und konnten sich deshalb auf keinen Kandidaten aus ihren Reihen einigen. Das hatte Karl allerdings nur hinter vorgehaltener Hand erfahren. Was auch immer der Grund war, ihm sollte es recht sein.

Die Wahl fand bereits in vier Wochen statt. Die Druckmaschine war also gerade noch rechtzeitig gekommen. Wenn er erst einmal Landrat war, würde der Eisenbahnanschluss mit Sicherheit nach Himmelsfeld kommen und Christian Kaufmann hätte sowieso nichts mehr zu sagen.

Gottfried Seidel hörte nur mit halbem Ohr auf das, was Hermann Rentz da über seine Zeit in Frankreich erzählte. Die beiden saßen an einem kleinen Tisch im vorderen Teil der Drogerie, gleich beim Fenster, und tranken eine Tasse Kaffee.

Vor ein paar Minuten hatte der Pfarrer beobachtet, wie Karl Wolter über die Straße marschiert war, Christian Kaufmann die Leiter herunterkommen ließ und ihm eine Zeitung zeigte. Anschließend war er lächelnd wieder zurück zu seinem Laden gegangen.

Seit drei Wochen war Gottfried Seidel nun in Himmelsfeld sesshaft geworden. Sowohl Gottesdienst als auch Sonntagsschule waren gut besucht und das Geld im Klingelbeutel reichte für das Nötigste. Im *General Store* konnte er verbilligt einkaufen und das Ehepaar Rentz ließ ihn mietfrei bei sich wohnen. Nur für die Heizkosten würde er etwas beisteuern müssen.

Der Drogist war der Vorsitzende des Kirchenrates, dem außerdem Karl Wolter und Christian Kaufmann angehörten. Die beiden stritten sich über jede Kleinigkeit und Hermann Rentz musste ständig schlichtend eingreifen.

Gottfried Seidel zuckte zusammen, als die Tür aufgerissen wurde.

»Sie sind aber schreckhaft!«, rief Karl Wolter. »Hier, lesen Sie mal!« Er überreichte dem Pfarrer ein Exemplar des *Himmelsfelder Boten.*

»Sie beabsichtigen, Landrat zu werden?«

»Mit Gottes Segen.«

»Ich wüsste nicht, was er dagegen hätte.«

»Kann ich das schriftlich haben?«

»Wie meinen?«

»Möchten Sie nicht diesbezüglich einen kleinen Artikel für die Zeitung schreiben?«

»Ich?«

»Ja, sicher. Wenn ich Landrat werde, ist das gut für Himmelsfeld. Was gut für Himmelsfeld ist, ist gut für Sie. Oder wollen Sie Ihre Kirche woanders bauen?«

»Eine Kirche?«

»Ja, die können wir hier schon im Frühjahr errichten, vorausgesetzt dass alles gut geht.« Er deutete auf die Zeitung. »Wir ziehen schließlich alle am selben Strang.« Und an Hermann Rentz gerichtet: »Was denken Sie, mein Lieber?«

»Aber natürlich, ich will doch nicht vergeblich hierher gezogen sein.«

»Das sieht der Herr Pfarrer sicher genauso.« Er sah Gottfried Seidel erwartungsvoll an.

»Ich kann mir keinen besseren Ort für meine Kirche vorstellen.«

12. Oktober 1881

»Der Herr wollen also Landrat werden?«

Karl Wolter hatte Georg Block, der grinsend sein Pferd anband, nicht erwartet. Er trat aus dem schummrigen Gebäude der Kreisverwaltung und kniff die Augen zusammen. Soeben hatte er seine Kandidatur für die Wahl offiziell angemeldet. »Woher weißt du denn das?«

»Aus der Zeitung natürlich.« Georg Block holte den *Himmelsfelder Boten* aus der Tasche.

Wie er den bekommen hatte, war Karl Wolter ein Rätsel, denn er hatte seit gestern erst ein Dutzend Exemplare verkauft.

»Ladenbesitzer, Zeitungsverleger, Landrat – übernehmen wir uns da nicht ein bisschen?«

»Das lass mal meine Sorge sein.«

»Gerne. Wir sind ja auch nicht ganz untätig.« Georg Block räusperte sich. »Hast du schon gehört? Wir haben seit Kurzem eine Feuerwehr in Miller.«

Karl Wolter zuckte mit den Schultern und zog seine Taschenuhr hervor.

Nach einem Moment des Schweigens fuhr Georg Block fort: »Die brauchen wir leider.«

Karl Wolter steckte die Uhr wieder ein und sah Georg Block direkt in die Augen. »Brennt es oft bei euch?«

»Der Feuerteufel hat schon mal vorbeigeschaut, wie du sicher gehört hast.«

»Mit dem sollte man nicht spaßen.«

»Das kann man wohl sagen.« Jetzt lächelte Georg Block nicht mehr.

In diesem Moment fuhr Jack Hunhoff vorbei. Karl Wolter und Georg Block erwiderten seinen Gruß.

»Was sagt denn der Sheriff dazu?«, fragte Karl Wolter.

»Den brauchen wir nicht. Das regeln wir selber.« Georg Block fuchtelte mit der Zeitung in seiner Hand. »Hier macht halt jeder, was er will, nicht wahr?«

Mit diesen Worten stapfte er davon.

Warte nur, dachte Karl, wenn ich mit Christian Kaufmann fertig bin, bist du dran.

Kaltfront

19. Oktober 1881

Es versprach ein schöner Herbsttag zu werden. Am Morgen war es angenehm warm und der Himmel strahlend blau. Die Geschäftsleute in Himmelsfeld, Miller und Watertown atmeten tief die milde, beinahe samtene Luft ein, als sie ihre Ladentüren aufschlossen und kurz vor ihre Geschäfte traten, um einander zu grüßen und einen Blick auf die noch menschenleeren Straßen zu werfen. Die Bauern fuhren auf ihre Felder, um Heu und Stroh einzubringen. Anders als an den Tagen zuvor schickten die meisten Mütter ihre Kinder ohne Jacken zur Schule.

Während der Mittagspause sah Mary Bayne den Kindern beim Herumtollen in der warmen Herbstsonne zu. Die Jungen spielten Fangen und die Mädchen standen in

Grüppchen beieinander. Tom Stewart, der mit sechzehn Jahren älteste Schüler, überragte alle bei Weitem. Tom sowie seine jüngeren Schwestern Grace und Clare waren die Einzigen, die sowohl Englisch als auch Deutsch sprachen. Mary war froh, wenn die drei zur Schule kamen, denn sie konnten ihr behilflich sein, wenn die deutschen Kinder sie nicht verstanden. Allerdings fehlten sie oft, da Tom an vielen Tagen mit seinem Vater auf dem Feld und die Schwestern im Laden arbeiten mussten. Jacob Stewart, dessen Frau bei der Geburt von Clare gestorben war, betrieb nicht nur die Eisenwarenhandlung in Himmelsfeld, sondern baute auch Getreide an. Die drei hatten es mit ihrem hin und wieder recht mürrischen Vater nicht einfach, aber jetzt spielten und unterhielten sie sich ausgelassen mit ihren Schulkameraden.

Zweiunddreißig Kinder waren heute zum Unterricht gekommen. Nur Martin und Christian Sievers wohnten in Himmelsfeld, und das wahrscheinlich nur bis zum Frühjahr. Die anderen Schüler lebten auf den Homesteads rund um die kleine Stadt.

Die drei Jungen und zwei Mädchen der Familie Graber hatten mit sechs Meilen den längsten Schulweg. Sie kamen nur, wenn das Wetter nicht zu schlecht war.

Aber auch Martin und Christian hatten einen kleinen Fußmarsch zurückzulegen, denn die Schule befand sich nicht wie die restlichen Häuser der Stadt an der Hauptstraße, sondern stand etwas abseits, weil Christian Kaufmann die wertvolleren Grundstücke im Zentrum für zukünftige Geschäftshäuser reservieren wollte.

Martin Sievers hatte Thomas Graber gerade ein Bein gestellt und der ging mit Fäusten auf ihn los.

»Schluss jetzt!«, kommandierte Tom Stewart, der schlichtend dazwischengehen wollte, aber die beiden deutschen Jungen hörten nicht auf ihn.

Mary Bayne, die auf den Holzstufen vor der Eingangstür gesessen hatte, sprang auf und eilte zu den sich prügelnden Jungen, die von ihren Mitschülern angefeuert wurden.

»Du bist so tollpatschig wie dein Vater!«, rief Martin und spielte damit darauf an, dass Max Graber, wenn er betrunken war, nicht selten stolperte und auf die Nase fiel. Obwohl Thomas seinen Vater hasste, konnte er diese Beleidigung nicht auf sich sitzen lassen. »Und dein Gesicht sieht aus wie ein Schweinearsch!«

Die Lehrerin packte die Streithähne am Kragen. »No fighting, gentlemen!« Martin und Thomas keuchten und waren hochrot. Die anderen Kinder schienen enttäuscht, dass das Spektakel so schnell vorüber war.

Mary Bayne hielt den beiden eine Standpauke. Ihr war durchaus klar, dass die Jungen kaum verstanden, was sie da sagte, erachtete diese Maßnahme aber trotzdem für notwendig. Als sie damit fertig war, scheuchte sie die Kinder in das Schulgebäude und stieg als Letzte die drei Stufen hinauf. Zu sehr mit dem eben Geschehenen beschäftigt, nahm sie die dunklen Wolken am nordwestlichen Horizont nur unbewusst war.

»Katarina, ist dir nicht wohl?« Clara schaute besorgt auf die junge Frau, die schlagartig jede Farbe im Gesicht verloren hatte und sich an der Ladentheke abstützte. Sie hatte den Briefumschlag mit dem fremdartigen Siegel vehement über den Tisch zurückgeschoben.

»Aber der Brief ist doch für dich!«

Katarina antwortete nicht. Karl, der damit beschäftigt war, ein Fass mit eingelegten Gurken zu öffnen, unterbrach seine Tätigkeit und schaute die beiden an. Er wollte gerade etwas sagen, da nahm Katarina plötzlich den Brief und lief aus dem Laden. Clara, die ihr erstaunt hinterhergeblickt hatte, eilte um die Ladentheke herum und vor die Tür, aber bevor sie ihr etwas nachrufen konnte, war Katarina bereits über die Straße gerannt und zwischen Hotel und Eisenwarenhandlung verschwunden.

Karl kam nun ebenfalls vor die Tür. »Was ist denn in die gefahren?«

»Der Brief war aus Russland. Hat wohl nichts Gutes zu bedeuten.«

»Woher weiß sie das denn, ohne ihn aufzumachen?«

Clara zuckte mit den Schultern. »Das darfst du mich nicht fragen.«

»Na dann, ich muss nach Watertown.«

»Schon wieder?« In Claras Stimme klang eine Mischung aus Ärger und Überraschung.

»Unser Zuckervorrat geht zur Neige. Und Tee brauchen wir auch«, erwiderte Karl im Weggehen.

»Beeil dich, Hans kommt am Nachmittag in die Stadt. Heute ist sein Geburtstag.«

»Das hätte ich ja fast vergessen!«

»Das wundert mich nicht.«

Als Gottfried Seidel auf dem hölzernen Gehsteig entlanglief und am Eingang des Hotels vorbeikam, trat ihm Christian Kaufmann in den Weg. Der Pfarrer wollte dem Hotelbesitzer ausweichen, aber dieser hielt ihn am Ärmel fest und sah ihn durchdringend an. »Komm doch mal rein!«

Gottfried Seidel ließ sich in den dunklen Vorraum ziehen.

»Gehen wir in mein Büro!« Christian Kaufmann hatte den Arm losgelassen und bedeutete dem Pfarrer, ihm zu folgen. Dieser fragte sich, was das alles zu bedeuten hatte. Als er das geräumige Zimmer betrat, warf er einen kurzen Blick aus dem Fenster und sah, wie Katarina Schmidt hinter dem Hotel über den gepflügten Streifen rannte, der die Stadt vor Präriebränden schützen sollte, und dann einfach weiter ins hohe Gras lief. Er wollte Christian Kaufman gerade darauf hinweisen, als dieser sich umdrehte und ihn mit kräftiger Hand am Kragen packte.

»So sieht man sich wieder!«

Gottfried Seidel war überrascht und wehrte sich nicht. Er ließ es geschehen, dass Christian Kaufmann ihn so dicht zu sich heranzog, bis sich ihre Nasenspitzen beinahe berührten. »Wie heißt es so schön in der Heiligen Schrift: Du sollst nicht stehlen!«

»Ich weiß nicht, wovon Sie reden!« Er wusste es wirklich nicht. Hatte der Hotelbesitzer den Verstand verloren?

»Du kannst dich nicht an unsere Unterhaltung in Chicago erinnern?«

»Chicago?«

»Nun tu doch nicht so! Aber sicher, in Chicago. Auf dem Bahnhof.«

Gottfried Seidel wurde für einen Moment schwarz vor Augen. Er begriff sofort, wer dieser Mann war. Sie hatten, im April war es wohl, im überfüllten Wartesaal nebeneinander auf einer Bank gesessen. Er war zu jener Zeit knapp bei Kasse und Bahnhöfe waren schon immer sein bevorzugtes Wirkungsfeld in Sachen Geldbeschaffung gewesen. Der Mann, mit dem er sich bestimmt eine halbe Stunde angeregt unterhalten hatte, schien relativ wohlhabend zu sein und wollte ins Dakota-Gebiet. Nur hatte der damals einen kleinen Schnauzer und nicht einen gewaltigen Vollbart wie jetzt. Bei ihm selbst war es beinahe umgekehrt: Er trug im Frühjahr noch den langen Bart, den er sich seit der Abfahrt aus Bremerhaven hatte wachsen lassen. Seit er im Dakota-Gebiet als Pfarrer unterwegs war, rasierte er sich jedoch jeden Tag sorgfältig.

Christian Kaufmann war überzeugt, dass Gottfried Seidel ihn nun erkannt hatte. Er konnte es in dessen verengten Pupillen sehen. Er stieß ihn von sich.

»Da bittet man mal jemanden, auf sein Gepäck aufzupassen, während man auf die Bahnhofstoilette geht, und dann kommt man zurück und dieser Jemand und das Gepäck sind verschwunden.« Er deutete auf den Nacken des Pfarrers. »Als ich damals aufstand, habe ich die Narben gesehen. Kochendes Wasser, nicht wahr?«

Gottfried Seidel wusste, dass leugnen zwecklos war. Er überlegte fieberhaft, wie er aus dieser Situation herauskommen und trotzdem in Himmelsfeld bleiben könnte.

»Nun ja«, begann er zögerlich. »Sie müssen das verstehen, es war ein Notfall …«

»Ich habe noch nie gehört, dass ein Pfarrer stiehlt, auch nicht im Notfall. Irgendwie habe ich das Gefühl, dass du gar kein Pfarrer …«

»Ich ersetze Ihnen die Sachen, sobald ich kann«, unterbrach Gottfried Seidel ihn schnell.

»Das will ich hoffen, denn sonst erfahren hier alle, dass ihr lieber Herr Pfarrer ein gewöhnlicher Dieb ist und obendrein wahrscheinlich noch ein dreister Betrüger.«

»Bitte haben Sie etwas Geduld, ich habe im Moment kaum Geld.«

»An Geld ist mir nicht gelegen.«

»Aber ich habe die Sachen nicht mehr.«

»Zum Teufel mit den Sachen. Schaff mir Karl Wolter aus dem Weg und die Angelegenheit ist vergessen.« Christian Kaufmann fuhr sich bedeutungsvoll mit dem Briefmesser, das in der Scheide steckte, über die Kehle.

Es dauerte zwei, drei Sekunden, bis Gottfried Seidel begriff, was der Hotelbesitzer da von ihm verlangte. Er rieb sich mit der rechten Hand intensiv die Stirn, wie immer, wenn er etwas abzuwägen hatte.

Konrad Meier sah die dunkle Wolke im Nordwesten, beachtete sie aber nicht weiter, zu sehr war er damit beschäftigt, die Pferde auf gerader Linie zu halten. Dann kehrte er den Pflug um und arbeitete sich auf dem Feld langsam in Richtung Osten vor, wo der Himmel strahlend blau war. Die Erde, die sein Pflug aufriss, war schwarz und roch nach vermodertem Gras, denn in den letzten Tagen hatte es kräftig geregnet. Im nächsten Jahr würde er Roggen anbauen. Der Erlös für Weizen war dieses Jahr trotz der guten Ernte eher enttäuschend gewesen. Die Getreideaufkäufer bezahlten einfach zu wenig dafür. Da galt es, einmal etwas anderes zu versuchen.

Konrad erinnerte sich an das Pflügen in der Altmark, an all die Steine, die auf dem Acker lagen und die Arbeit so viel schwerer machten. Auf seinen Feldern hier gab es keine Steine, nur hin und wieder einige Büffelknochen.

Plötzlich spürte Konrad einen kalten Windhauch im Nacken und nur einen Augenblick später peitschten erste Schneeflocken gegen die braunen Rücken seiner Pferde. Konrad blickte nach oben. Über ihm war der Himmel dunkel. Er drehte sich um und erstarrte. Er glaubte seinen Augen nicht zu trauen. Von hinten kam ein Schneesturm auf ihn zugerollt und erfasste ihn binnen Sekunden.

Das Schneetreiben war so stark, dass er gerade noch die Hinterteile seiner Pferde sah. So schnell er konnte, knöpfte er mit einer Hand seine leichte Jacke zu, die er nur auf Christines Drängen hin angezogen hatte. Eine Mütze oder Handschuhe hatte er nicht.

Sein Gehirn arbeitete fieberhaft. Er durfte auf keinen Fall die Orientierung verlieren, sonst würde er nicht mehr nach Hause finden.

Konrad entschied, sich an dem gepflügten Boden zu orientieren. Solange er diesen unter den Füßen hatte, konnte er sicher sein, dass er auf seinem Land war.

Die Hütte lag in nordwestlicher Richtung, aber genau von dort blies der Wind. Er machte die nervösen Pferde vom Pflug los und sprach ihnen gut zu, aber sie weigerten sich, gegen den Sturm anzugehen, der ihnen den Schnee direkt in die Augen trieb. Es blieb ihm keine andere Wahl, als sie zuerst nach Westen und dann nach Norden zu führen und zu hoffen, dass sie den Seitenwind ertrugen. Dadurch wurde der Weg allerdings doppelt so lang und er war jetzt schon bis auf die Knochen durchgefroren. Er ging zwischen den Pferden und führte das eine mit der linken, das andere mit der rechten Hand. Dabei versuchte er, die zuletzt gezogene Furche im Blick zu behalten.

Sie kamen nur sehr mühsam vorwärts. Konrad fror immer mehr. Seine Hände schmerzten vor Kälte. Er wagte es nicht, die Pferde auch nur für einen Moment loszulassen. Plötzlich verlor er die Furche aus den Augen. Er zog die Pferde nach rechts und stolperte fast, als er das gepflügte Feld wieder erreichte.

Die Temperatur fiel rasant. Der Schnee hatte sich in den letzten Minuten in ein feines eisiges Pulver verwandelt, das das Atmen nahezu unmöglich machte und die Augen höllisch schmerzen ließ. Trotz der Kälte kam es Konrad vor, als ob sein Gesicht und sein kahler Schädel brannten. Er zog die Pferde, die sich nur noch widerwillig fortbewegten, jetzt in Richtung Norden, wo seine Hütte stand. Die Furchen waren bereits mit Schnee gefüllt. Konrad spürte, dass die Kraft ihn zu verlassen begann und war drauf und dran, die Pferde loszulassen, als er unversehens über einen Strauch stolperte. Seine Knie gaben nach. Er krallte sich am Zaumzeug der Pferde fest und kam mit einiger Anstrengung wieder auf die Beine. Die Kälte lähmte seinen Verstand, aber dann begriff er, dass er über einen der jungen Bäume gestolpert war, die er in einer langen Reihe bei seiner Hütte gepflanzt hatte. Er war etwas zu weit nach Osten abgekommen und wäre beinahe in die offene Prärie gelaufen. Das wäre sein Tod gewesen. Jetzt jedoch musste er nur der Baumreihe folgen, die ihn direkt zur Hütte führen würde.

Das Gehen wurde immer mühsamer. Nach einigen Schritten hörte er ein regelmäßiges scheppperndes Geräusch und eine Frauenstimme, die seinen Namen rief.

Christine stand in der Tür der Hütte und schlug mit dem Hammer auf einen Kochtopf, damit er in dem Schneetreiben nach Hause fand.

Katarina hatte geschrien, bis ihr schwarz vor Augen wurde. Als sie wieder zu sich kam, schneite es. Die riesigen Flocken legten sich auf ihr Gesicht, ihre Arme und Beine. Sie trug nur ein Kleid und begann schrecklich zu frieren. Sie zog die Knie an die Brust, besann sich dann aber und stand auf.

Der Schnee fiel so dicht, dass sie gerade noch ihre Handrücken sehen konnte, als sie die Arme für einen Moment ausstreckte.

Mühsam bahnte sie sich ihren Weg durch das hohe Gras, an dem der Schnee klebte und das ihre Beine, die vor Kälte schmerzten, bei jedem Schritt berührten. Außer Schnee sah sie nichts. Sie drehte sich im Kreis. In welcher Richtung lag Himmelsfeld?

Panische Angst ergriff sie. Sie hörte ihr Herz bis in die Schläfen schlagen. Die Eiseskälte und der immer feiner werdende Schnee nahmen ihr den Atem. Sie hielt die Arme gekreuzt, um die fast erfrorenen Hände unter den Achseln zu wärmen.

Katarina rannte, bis sie nicht mehr konnte. Keuchend und zitternd stand sie in dem Schneegestöber. Sie schloss die Augen und flüsterte ein Gebet. Dann machte sie kehrt und lief nun mit dem Wind im Rücken durch den Schneesturm.

In der Schule drängten sich zur gleichen Zeit die Kinder in der Mitte des Raumes um den Ofen. Nach der Mittagspause hatten sie, vom Spielen erschöpft, wieder in ihren Bänken Platz genommen und Mary Bayne ließ zuerst Martin Sievers und dann Thomas Graber ein Gedicht auswendig vortragen. Alle sahen gespannt auf Thomas, der gemeinsam mit Martin vor der Klasse stand und sich unendlich mit den englischen Versen quälte. Die anderen Kinder waren froh, dass sie das Gedicht nicht aufsagen mussten.

Urplötzlich wurde das gesamte Gebäude von einem heftigen Windstoß geschüttelt. Sämtliche Köpfe wandten sich in Richtung der nach Westen zeigenden Fenster, gegen die auf einmal so viel Schnee getrieben wurde, dass man draußen nichts mehr sehen konnte. Die Schüler sprangen auf und liefen zur Tür. Mary wies die Kinder an zu warten. Sie ging zur Tür und öffnete sie leicht. Der Schnee trieb horizontal vorbei und die Lehrerin konnte nicht einmal die kleine Treppe vor dem Eingang ausmachen. Neben ihr schob Tom Stewart seinen Kopf aus der Tür. Er drehte sich um und verkündete: »Blizzard!«

Die Kinder riefen aufgeregt auf Deutsch durcheinander. Mary sah alle Blicke auf sich gerichtet. Sie hatte das Gefühl, dass ihre Schüler eine Entscheidung von ihr erwarteten. Ein so plötzlich und so heftig hereinbrechender Schneesturm konnte, das hatte sie auf der Farm ihrer Eltern in den letzten zwei Jahren mehrmals erfahren müssen, mehrere Tage dauern. Schon nach wenigen Stunden würde die Schule vollkommen eingeschneit sein. Sollte sie die Kinder nach Hause schicken oder hierbehalten?

Kaum eines der Kinder hatte eine Jacke, geschweige denn eine Mütze oder Handschuhe. Aber das Brennholz reichte bestenfalls drei, vier Stunden. Kohle gab es keine, die sollte erst nächste Woche geliefert werden. Auch wenn sie die Schulmöbel verbrannten, hätten sie wahrscheinlich nicht einmal für die Nacht genug zu heizen.

Andererseits wäre es viel zu gefährlich, zur Stadt oder zu den umliegenden Hütten zu laufen. Im Januar waren die Zeitungen voll gewesen von Berichten über Kinder, die von ihren Lehrern zu Beginn eines Blizzards nach Hause geschickt worden waren, den Weg jedoch nicht fanden und erfroren. Diesen Fehler wollte sie nicht machen. Da war es auf jeden Fall besser, in der Schule auszuharren.

Der Wind heulte und rüttelte an den Fenstern. Im Klassenzimmer wurde es schnell kalt. Mary ließ Tom Stewart den Ofen anheizen und bedeutete den anderen Schülern, sich dicht herum hinzusetzen. Dann stimmte sie eines der Lieder an, das sie in den vergangenen Wochen gelernt hatten. Nach einigem Zögern sangen zuerst die Mädchen, dann auch die Jungen mit. So verging etwa eine halbe Stunde und im Zimmer wurde es trotz des geheizten Ofens immer kälter. Die Kleinsten begannen bereits zu zittern.

Plötzlich sprang die Tür auf und ein Mann, der über und über mit Schnee bedeckt war, stapfte in den Raum, warf seine Handschuhe auf den Boden und rieb sich Schnee und Eis aus dem Gesicht. Clare, die jüngste der Stewart-Geschwister, rief »Dad!«, und lief zu ihm. Er streichelte das Mädchen und sagte auf Englisch zu Mary: »Ich bin hier, um die Kinder zu holen.« Und als Mary ihn fragend ansah, fügte er hinzu: »Alle Kinder.« Clare übersetzte schnell ins Deutsche und in der eingeschneiten Schule brach Jubel aus.

Mary reihte die Schüler an der Tür auf. Sie gab den älteren die jüngsten an die Hand und trug ihnen auf, nicht loszulassen, bis sie in Sicherheit waren.

Als Jacob Stewart die Tür öffnete, erschauderten die Kinder vor dem arktischen Wind. Sie stiegen vorsichtig die kleine Treppe hinunter und begannen sofort, schrecklich zu frieren. Sie kletterten auf einen großen flachen Schlitten, vor den vier Pferde gespannt waren. Dieses Fuhrwerk wurde normalerweise für den Transport von Baumaterialien und anderen schweren Lasten verwendet. Es bot allen Kindern Platz. Sie standen dicht gedrängt auf der Ladefläche und hielten sich aneinander fest. Die älteren Schüler stellten sich um die jüngeren und boten ihnen so einen gewissen Windschutz. Mary stieg zuletzt mit der sechsjährigen Lena Graber auf und Jacob Stewart machte sich daran, die Pferde in Richtung Stadt zu führen. Als Mary einen schnellen Blick zurückwarf, war die Schule bereits im Schneetreiben verschwunden.

Marie Sievers presste das Gesicht gegen die eiskalte Schaufensterscheibe, aber außer Schnee, der von einem immer stärker werdenden Wind seitwärts durch Himmelsfelds einzige Straße getrieben wurde, war nichts mehr zu erkennen. Die andere Straßenseite hatte sie schon vor einer Stunde aus den Augen verloren, jetzt konnte man nicht einmal mehr die Pfähle vor dem Laden, die zum Festbinden der Pferde dienten, ausmachen.

Sie blickte zu Hans, der neben ihr stand und ebenfalls angestrengt aus dem Fenster sah: »Wie sollen die Kinder nur nach Hause finden?«

Hans kaute nachdenklich auf einem Streichholz. »In der Schule gibt es einen Ofen. Dort sind sie vorerst sicher. Wenn es aufhört, so stark zu schneien, werde ich sie holen.«

»Du musst jetzt gehen!«, sagte Clara, die gerade aus dem Lagerraum gekommen war. Sie reichte Hans eine Jacke und Stiefel. »Dieser Schneesturm kann Tage dauern und uns bis zum Dach einschneien.« Sie hatte den Eindruck, dass Hans ihre Worte nicht ganz ernst nahm und griff ihn energisch bei der Schulter: »Hast du gehört? Geh los, falls dir das Leben deiner Kinder lieb ist! Mit den Schneestürmen hier ist nicht zu spaßen, das kannst du mir glauben!« Marie stiegen Tränen in die Augen. Clara ging um den Ladentisch herum und begann, in einer Kiste zu wühlen. »Hier sind eine Mütze und Handschuhe von Karl.«

Während Hans schweigend alles anzog, fuhr Clara mit eindringlicher Stimme fort: »Geh an den Häusern entlang, bis zum Ende der Straße und dann schnurstracks auf die Schule zu. Geh immer geradeaus, sonst bist du verloren!« Sie sah Marie an: »Haben die Kinder heute Morgen Jacken angehabt?«

Marie schüttelte erschrocken den Kopf und Clara rannte wieder nach hinten in den Lagerraum, um Winterkleidung für Martin und Christian zu holen, die sie zu einem Bündel zusammenschnürte. Hans nahm es in Empfang. Marie küsste ihn, bevor er den Laden verließ. »Sei vorsichtig!«

Ein eisiger Wind schlug ihm entgegen, als er aus der Tür trat. Er wandte sich nach rechts und der Schnee wehte ihm direkt ins Gesicht. Tief nach vorn gebeugt kämpfte er gegen Sturm und Schnee an und ging an Drogerie und Schmiede vorbei. Dann blieb er stehen und sah sich um. In diesem Schneegestöber war nichts zu erkennen und es gab auch nichts, woran er sich von nun an hätte orientieren können. Er versuchte sich ganz genau vorzustellen, wie hier alles ohne Schnee aussah, und schritt entschlossen in die Richtung, wo er das kleine Schulhaus vermutete. Sollte er es verfehlen, würde er in die offene Prärie laufen und erfrieren.

Wie konnte sich das Wetter nur so schnell ändern? Heute Morgen war er mit dem Pferdegespann, einem Geschenk seines Onkels, im schönsten Sonnenschein nach Himmelsfeld gefahren. Kurz bevor er sein Ziel erreicht hatte, zogen plötzlich Wolken auf und es fing heftig an zu schneien. Obendrein war er vor Schreck beinahe vom Weg abgekommen, nämlich als ihm Joachim Möller im Galopp entgegenkam. Hans war es ganz recht, dass Joachim keine Anstalten machte, anzuhalten, ja nicht einmal grüßte. Hatte er ihn überhaupt erkannt?

Und nun lief er also durch ein Schneegestöber, und das im Oktober. Er sah rein gar nichts. Hätte er die Schule nicht bereits erreichen müssen? Falls er sie verfehlt hatte, würde er wohl auch die Stadt nicht wiederfinden. Womöglich war dies sein Schicksal: Statt ein neues Leben auf eigenem Land aufzubauen, würde er jämmerlich erfrieren, so wie der Bauer aus Schlesien, von dem Konrad Meier erzählt hatte.

Als Hans vornübergebeugt weiterging und sich vorstellte, wie Konrad Meier allen Neuankömmlingen erzählen würde, dass dieser Mecklenburger, Hans Sievers, nicht auf seine Warnungen gehört habe und schon im allerersten Schneesturm erfroren sei, prallte er mit dem Kopf gegen eine Wand und fiel rücklings in den kniehohen Schnee.

Benommen rappelte er sich auf und tastete sich langsam an dem Gebäude entlang. Nach einigen Schritten stolperte er und landete mit dem linken Knie auf etwas Hartem, das im Schnee verborgen lag. Es war die kleine Treppe vor dem Eingang zum Schulgebäude.

Er kroch die Stufen hinauf zur Tür, die zu seiner Überraschung einen Spalt offen stand, zog sich an der

Türklinke hoch und hüpfte auf einem Bein in das dunkle Klassenzimmer. Nachdem sich seine Augen an die Dunkelheit gewöhnt hatten, stellte er erstaunt fest, dass die Schule leer war.

Hans hielt sich die Hände vor den Mund. Trotz der Handschuhe waren die Fingerspitzen halb erfroren. Sein Knie tat höllisch weh. Er humpelte zum Ofen, der noch etwas Wärme ausstrahlte. Nur mühsam konnte er einen klaren Gedanken fassen. Warum war er den Kindern nicht begegnet? War er mitten im Schneetreiben an ihnen vorbeigelaufen? Bestimmt waren die Kinder nun schon zu Hause und Marie machte sich Sorgen, dass er sich verlaufen hatte. Er musste sich sofort auf den Rückweg begeben.

Jacob Stewart wusste, dass er sich beeilen musste, denn die Kinder auf dem Schlitten froren schrecklich. Die Spuren von der Hinfahrt waren längst verweht, es gab nichts, woran man sich orientieren konnte.

Er hielt angestrengt nach den Häusern Ausschau, während er neben den Pferden ging, und erschrak heftig, als plötzlich ein riesiger Mann, der ganz und gar von Schnee bedeckt war, vor ihm stand und ihn mit festem Griff an beiden Schultern fasste.

»Wo willst du hin?«, brüllte Karl Wolter auf Englisch gegen den Wind an.

»Ich habe die Kinder!«, schrie Jacob Stewart zurück.

»Was?«

Jacob Stewart deutete hinter sich. Karl Wolter ließ ihn los und stieg auf den Schlitten. Einen Augenblick später war er wieder da.

»Wo ist Hans?«

»Ich weiß nicht. Warum?«

»Bring die Kinder zum Laden!«

»Wir wollten sie zum Hotel ...«

»Nein, bring sie zum Laden!«

»Aber ...«

»Kein Aber, zum Laden, sag ich! Fünfzig Schritte noch, dann bist du da.«

Karl Wolter verschwand im Schneegestöber in Richtung Schule und Jacob Stewart fuhr den Schlitten so dicht wie möglich an den Vorbau des Ladens. Ihm sollte es recht sein.

Die durchgefrorenen, zitternden Kinder strömten in den Laden. Marie nahm Martin und Christian in die Arme und blickte zur Tür.

»Wo ist euer Vater?«

Die Jungs verstanden nicht.

»Ist euer Vater nicht zur Schule gekommen?«

Sie schüttelten die Köpfe.

Clara, die neben Marie stand, lief zu Jacob Stewart: »Wo ist Hans?«

»Das wollte Karl auch wissen.«

Marie eilte zur Tür. Aber draußen war niemand. Sie rannte zurück zu Clara. »Um Gottes willen! Was ist passiert?«

»Keine Sorge, Karl wird Hans schon finden.«

Katarina blieb vor dem Schober stehen. Mit erfrorenen Händen schob sie den Schnee beiseite und grub sich in das Heu, bis sie nicht mehr konnte. Sie kauerte sich hin und begann den Eingang ihrer Höhle mit Heu zu verschließen, das sie mit letzter Kraft von allen Seiten herunterzog.

Katarina dachte an Werner. Im Frühjahr noch hatten sie sonntags auf den herrlich grünen Uferwiesen an der Wolga gelegen. Der Wind war kühl, aber wenn er für einige Minuten einhielt, spürten sie die warmen Sonnenstrahlen auf ihrer Haut. Jetzt lag Werner in Katharinenstadt in der kalten Erde begraben und sie hier am anderen Ende der Welt in einem schneebedeckten Heuhaufen.

Sie fror wie nie zuvor in ihrem Leben. Sie zitterte am ganzen Leib und konnte keinen klaren Gedanken mehr fassen. Eine ungeheure Müdigkeit begann von ihr Besitz zu ergreifen. Sie glaubte die Stimme ihrer Mutter zu hören, die ihren Namen rief. Sie versuchte zu antworten, brachte jedoch keinen Laut heraus. Dann war die Mutter plötzlich da und schob ihr ein weiches Federkissen unter den Kopf. »Schlaf, mein Kind«, sagte sie und strich ihr liebevoll das nasse Haar aus der Stirn.

Kurz bevor Katarina die Augen schloss, beugte sich Werner über sie und legte ihr einen Strauß wunderschöner Wiesenblumen auf die Brust.

Hans konnte sich nicht erinnern, jemals so eine beißende Kälte in seinem Gesicht gespürt zu haben. Er hatte das Gefühl, dass die Tränenflüssigkeit zu gefrieren begann. Die dicke Winterjacke, die Clara ihm gegeben hatte, hielt zwar seinen Oberkörper warm, aber da er keine langen Unterhosen trug, war ihm doch sehr kalt.

»Weißt du, wo wir sind?«, fragte Hans. Der eisige Wind drängte sie unnachgiebig zur Seite.

»Keine Sorge, ich würde hier alles finden, auch wenn ich blind und taub wäre.« Karl spähte grimmig nach vorn.

Hans stützte sich wegen der Schmerzen im Knie beim Gehen auf seinen Onkel. Als Karl plötzlich stehen blieb und sich hinhockte, verlor er das Gleichgewicht und fiel in den Schnee.

Er kroch auf allen Vieren zu seinem Onkel. »Was ist los?«

Karl hielt eine Hand über die Augen, als ob er sich vor der Sonne schützen wollte. »Dicht am Boden kann man während eines Schneesturms oft besser sehen.«

Hans schaute sich verzweifelt um. Es sah alles wie zuvor aus.

»Da!« Karl lachte und stand auf. »Komm, mein Junge!« Er reichte Hans die Hand und zog ihn ohne Mühe hoch.

Nach einigen Schritten erkannte Hans die Umrisse der Häuser. In seinem ganzen Körper machte sich ein Gefühl der Erleichterung breit. Der Onkel stieß ihm in die Rippen und blickte ihn triumphierend an: »Hab ich's nicht gesagt?«

Als Mary Bayne das Hotel erreichte, konnte sie ihre Finger nicht mehr bewegen. Sie waren steif gefroren.

Nachdem sie eine Decke aus ihrem Zimmer geholt und sich darin eingewickelt hatte, ging sie in die Küche, um Feuer zu machen und Tee zu kochen. In einer halben Stunde würde sie zurück zum Laden gehen und sich weiter um die Kinder kümmern. Sie sollte sich jedoch erst einmal aufwärmen, warme Kleidung anziehen und Mister Kaufmann fragen, ob einige der Kinder im Hotel untergebracht werden könnten, hatte ihr Clara Wolter aufgetragen. Mary hatte sowieso nicht verstanden, warum Jacob Stewart die Kinder zum Laden und nicht wie vorher besprochen hierher gebracht hatte.

Im Hotel war es ganz still. Nur der Wind, der an den Fenstern rüttelte, war zu hören. Mary stand nah am wärmenden Herd. Allmählich begann es in ihren Fingern zu kribbeln und auch ihr Gesicht taute langsam auf. Tränen liefen ihr die Wangen hinunter. Wie konnte sie nur so dumm sein und mit dem Unterricht weitermachen? Sie hatte die Wolken doch heraufziehen sehen! Aber sie hatte das Gefühl gehabt, dass sie ihre Autorität beweisen und Martin Sievers und Thomas Graber bestrafen musste. Da durfte sie nicht zu früh aufhören. Allerdings hatte sie dadurch letztendlich das Leben der ihr anvertrauten Kinder gefährdet. Ich bin ja selbst fast noch ein Kind, dachte sie, ein Erwachsener hätte so einen Fehler nicht gemacht.

Sie nahm den Kessel vom Herd, goss den Tee auf, schnappte sich die Lampe und eilte zum Arbeitszimmer von Christian Kaufmann im hinteren Teil des Hauses. Sie klopfte an die Tür, die nur angelehnt war. Stille. Sie klopfte noch einmal, etwas kräftiger als zuvor. »Mister Kaufmann? It's me, Mary.« Wieder nichts. Behutsam drückte sie mit den noch kribbelnden Fingerspitzen gegen die Tür und öffnete sie weit genug, um im schwachen Schein ihrer Lampe die Verwüstung im dunklen Zimmer zu sehen. Die Angst fuhr ihr in die Glieder.

»Mister Kaufmann?« Ängstlich betrat sie das Zimmer. Das Fenster war weit geöffnet und es schneite hinein. Sie stolperte beinahe über einen umgekippten Stuhl. Als sie um den Schreibtisch herumging und dabei die Lampe auf Armlänge vor sich hielt, schrie sie auf.

Christian Kaufmann lag in einer riesigen Blutlache, seine Hände an die durchschnittene Kehle geklammert und die starren Augen zum Fenster gerichtet.

Präriewinter

16. November 1881

Durch die eingeschneiten Fenster gelangte nur wenig Licht in die eiskalte Hütte. Hans schlüpfte in seine Winterkleidung. Er stand immer als Erster auf, um Feuer im Ofen zu machen. Anschließend ging er in den Stall, die Tiere füttern.

Wie jeden Morgen versuchte er, schon vor dem Öffnen der Tür zu erraten, wie hoch der Schnee diesmal lag. Er lächelte Marie an, die sich mittlerweile auch fast angekleidet hatte, und tippte ungefähr in Schulterhöhe an den Türrahmen, dorthin, wo er die Oberkante der Schneedecke vermutete. Marie lächelte zurück, aber als Hans die Tür aufriss, die ein wenig am Rahmen festgefroren war, erstarb ihr Lächeln: Der Schnee füllte beinahe die gesamte Tür aus. Nur durch einen etwa handbreiten Spalt strahlte die Sonne in die dunkle Hütte.

Hans stieg auf einen Stuhl und machte, zuerst mit den Händen, dann mit der Schaufel, das Loch groß genug, um hinausklettern zu können. Der Schnee war an der Oberfläche hart gefroren und Hans begann, auf ihm vorsichtig in Richtung Stall zu kriechen. In sämtliche Himmelsrichtungen war alles blendend weiß.

Es herrschte eine beinahe unwirkliche Stille. Dort, wo die Hütte der Brenners sein musste, sah Hans Rauch aus dem Schnee aufsteigen. Friederikes und Katarinas Hütte konnte er in den Schneewehen nicht entdecken.

Die Luft war kalt und klar, das Glitzern des Schnees im Sonnenschein trieb ihm Tränen in die Augen. Als er damit anfing, die Stalltür freizuschaufeln, war er fast blind. Die arktischen Temperaturen ließen die Haare in seiner Nase zu Eiszapfen werden. Sein Rachen fühlte sich rau an und die Lippen wurden rissig. Er grub, so schnell er konnte.

Eine angenehme Wärme schlug ihm entgegen, als es ihm endlich gelang, die Tür einen Spalt zu öffnen und in den Stall zu schlüpfen. Die Ochsen und die Kuh hatten den engen Raum mit ihren riesigen Körpern warm gehalten. Die Hühner scharrten aufgeregt in ihrem Verschlag. Er gab den Tieren zu fressen und mistete aus. Als er fertig war, setzte er sich wie jeden Morgen auf die Tonne mit dem Hühnerfutter. Hier konnte er in Ruhe überlegen. In der kleinen Hütte mit den drei Kindern war das nicht möglich und Marie machte sich immer gleich Sorgen, wenn sein Gesicht nachdenklich wurde.

Die Lage war beunruhigend. Wegen des frühen Wintereinbruchs hatte er es nicht geschafft, ausreichend Lebensmittel zur Hütte zu bringen. Mehl hatten sie keines mehr, sie mahlten mittlerweile den ganzen Tag lang Saatweizen mit der Kaffeemühle. Marie und die Jungen wechselten sich dabei ab. Trotzdem reichte das Mehl letztendlich gerade einmal für ein Brot und für die dünne Suppe, die sie zum Mittag aßen. Kartoffeln hatten sie noch, aber die sollten eigentlich den gesamten Winter reichen. Die Kuh gab immer weniger Milch. An Butter war da nicht länger zu denken. Kaffee wurde allmählich auch knapp, ebenso das Petroleum für die Lampe.

Und dann war da der Mord in Himmelsfeld. Ja, es war Mord, daran gab es keinen Zweifel, denn Christian Kaufmann hatte sich die Kehle bestimmt nicht selbst durchgeschnitten. Die meisten Leute hier in der Gegend glaubten wohl, dass Karl Wolter den Hotelbesitzer ins Jenseits befördert hatte. Aber Hans war dabei gewesen, als der Onkel von dem Mord erfuhr. Die junge Lehrerin kam weinend über die Straße gelaufen, gerade, als der Onkel und er halb erfroren den Laden erreichten. Karl hatte sie etwas auf Englisch gefragt, die Lehrerin schüttelte den Kopf und weinte noch heftiger. Schließlich schluchzte sie etwas, von dem Hans nur den Namen Kaufmann verstanden hatte.

»Was?«, fragte der Onkel, als hätte er nicht richtig gehört. Er schien wirklich überrascht zu sein. Aber hatte er nicht auch für den Bruchteil einer Sekunde gelächelt? Hans musste sich getäuscht haben, denn als sie zusammen hinüber zum Hotel geeilt waren und vor der Leiche standen, hatte der Onkel gesagt: »Wer hat den denn geschlachtet?« Hans ging dieser Satz nicht mehr aus dem Kopf. Würde jemand, der die Tat begangen hat, so etwas sagen?

Am nächsten Morgen nahm er Marie und die Kinder mit zur Hütte. Eigentlich hatten sie den Winter über in Himmelsfeld bleiben sollen, aber solange ein Mörder frei herumlief, konnte er seine Familie nicht dort lassen. Marie war in Angst und Schrecken und wollte am liebsten zurück in die Heimat. Sie machten in jener Nacht beide kein Auge zu.

Die Kinder würden nun erst einmal kein Englisch lernen, aber ihre Sicherheit war viel wichtiger. Allerdings musste er sich etwas überlegen, was die Lebensmittel betraf.

Und dann war da auch noch die schwerkranke Katarina.

»Vorsicht!« Heinrich Brenner hielt seinen Sohn Thomas am Arm fest. Bis jetzt waren die beiden gut auf der gefrorenen Schneedecke vorangekommen. Aber nun drohten sie doch darin einzubrechen.

Thomas war ungeduldig. Er wollte Friederike sehen. Drei Tage und Nächte hatte der Schneesturm, der mittlerweile vierte in diesem Winter, gewütet. Tatenlos mussten alle in ihren Hütten ausharren und dem heulenden Wind zuhören.

Wer weiß, wie es Katarina inzwischen ging. Ihr Zustand hatte sich in den letzten drei Wochen zunehmend verschlechtert. Dort, wo ihr Fuß amputiert worden war, sah das Bein ganz fürchterlich aus.

Eigentlich hatte sie ja Glück gehabt: Friedrich Radtke fand sie am Morgen nach dem ersten Schneesturm in seinem Heuschober. Seine Frau Luise rieb Katarinas erfrorene Füße sofort mit Schnee ein und ließ sie dann in einer Schüssel mit warmem Wasser auftauen. Katarina schrie vor Schmerzen. Die geschwollenen Füße fühlten sich zuerst an, als würden sie brennen. Dann juckten sie, dass es nicht auszuhalten war. Während sich Luise Radtke um die Verletzte kümmerte, machte sich ihr Mann auf den Weg, um Friederike zu holen.

Die Hütte der Radtkes lag weit von der der Schwestern entfernt. Der viele Schnee verhinderte zudem ein schnelles Vorankommen, sodass die beiden erst am nächsten Nachmittag zurückkehrten. Katarinas linker Fuß hatte sich zu diesem Zeitpunkt weitgehend erholt, nur die Zehen hatten große Blasen. Der rechte Fuß war jedoch violett und ganz und gar mit Wunden überzogen, aus denen eine rosa Flüssigkeit lief. Katarina war wie von Sinnen. Sie krümmte sich im Bett und wimmerte.

Friedrich Radtke und Friederike brachten sie nach Watertown zum Arzt. Doktor Keller entschied, dass der Wundbrand nur durch ein sofortiges Amputieren aufzuhalten war. Er schickte sogleich nach Doktor O'Connor, dem zweiten Arzt in Watertown, der schon eine halbe Stunde später die Anästhesie einleitete.

Schlimmer noch als der körperliche Schaden war jedoch Katarinas geistiger Zustand. Nur mit Mühe hatte Friederike einige Tage nach der Amputation aus ihr herausbringen können, dass ein Brief aus Russland gekommen war, der Werners Tod verkündete. Damit bestätigte sich Friederikes Vermutung, warum Katarina Pferd und Wagen, beide von den Brenners geliehen, einfach in Himmelsfeld zurückgelassen hatte und ziellos in die Prärie gelaufen war.

Thomas Brenner hatte endlich das dünne Schornsteinrohr in einer Schneewehe entdeckt. Die Hütte war komplett eingeschneit, nur an der Seite sah man einen Dachbalken. Vater und Sohn begannen zu schaufeln.

Nach ein paar Minuten hatten sie die Tür so weit freigelegt, dass sie sich einen Spalt breit öffnen ließ und sie mit Friederike sprechen konnten.

Friederikes Stimme klang angsterfüllt. »Katarina geht es schlecht!«

Thomas fragte mitfühlend: »Ist es das Bein?«

»Ja, es sieht ganz schlimm aus. Schwarz bis ans Knie. Und hohes Fieber hat sie auch.« Friederike war verzweifelt. »Was soll ich nur machen?«

»Wir holen Doktor Keller«, rief Thomas.

»Wie willst du das denn anstellen?«, wandte sein Vater ein. Er lehnte die Schaufel gegen die vereiste Hüttenwand und band sich den Schal neu um. »Selbst wenn du es zur Stadt schaffst, wird der Doktor wohl kaum mitkommen, nicht bei dem Schnee.«

»Er muss!«

»Nun warte doch mal ab!« Heinrich Brenner wollte sich Katarina erst einmal ansehen, bevor er seinem Ältesten erlaubte, sein Leben zu riskieren. »Geh und ruf deine Brüder, damit sie hier den Stall freischaufeln und sich um das Vieh kümmern.«

Als Hans die Hütte der Schwestern fast erreicht hatte, kam Schnee in hohem Bogen aus der Tiefe geflogen. Er schlug einen kleinen Halbkreis und blickte kurz darauf in das mehr als mannstiefe Loch, in dem die Söhne von Heinrich Brenner wie verrückt schaufelten. Die Vorderseite der Hütte war bereits auf doppelte Armlänge vom Schnee befreit, jetzt arbeiteten die drei vor dem Stall. Hans formte einen Schneeball und warf ihn Andreas an die Schulter. Der drehte sich empört nach seinen Brüdern um, sah dann jedoch Hans oben auf der Schneedecke und grüßte höflich: »Guten Morgen, Herr Sievers! Was machen Sie denn hier?«

»Ich wollte nur sehen, ob hier alles in Ordnung ist.«

»Katarina geht es gar nicht gut!«, rief Thomas. »Wir müssen den Doktor holen, aber mein Vater will mich nicht gehen lassen.«

»Ist dein Vater hier?«

»Ja, in der Hütte.« Thomas half Hans hinunter.

»Na, ich werde mal mit ihm reden.« Mit diesen Worten klopfte er an die Tür und ging hinein.

Eine Lampe brannte in der Mitte des Raumes. Friederike saß bei ihrer Schwester, Heinrich Brenner stand daneben und winkte Hans wortlos heran. Er rieb sich ratlos das Kinn.

»Das Bein sieht schlimm aus. Ganz schwarz. Es muss bestimmt abgenommen werden.« Er sah Hans an. »Aber wir können sie bei dem Schnee nicht nach Watertown bringen. Sie würde uns auf dem Weg dorthin sterben.« Hans trat näher an das Bett. Katarina hatte hohes Fieber und nahm niemanden wahr.

»Wir müssen den Doktor bitten, herzukommen.«

Hans nickte. »Ich wollte sowieso nach Watertown. Wir haben kein Mehl mehr.«

»Wir auch nicht.«

»Wir könnten uns zusammen auf den Weg machen ...«

»Also gut.« Heinrich Brenner knöpfte sich die Jacke zu. »Wir werden zu Fuß gehen, denn mit den Pferden kommen wir bei dem Schnee nicht durch. Ich bin in einer halben Stunde bei dir.«

»Wann werdet ihr denn zurück sein?« Marie versuchte, die Fassung zu bewahren. Sie wollte die Kinder nicht beunruhigen.

»Morgen Nachmittag. Wir werden heute in Watertown übernachten und dann in aller Frühe aufbrechen.« Hans löffelte die Suppe, die Marie ihm schnell aufgewärmt hatte.

Martin sah ihn mit großen Augen an. »Kann ich mitkommen?«

»Nein, mein Junge, du hilfst deiner Mutter. Heute und morgen fütterst du das Vieh, verstanden?«

Der Elfjährige war enttäuscht, dass er nicht mitdurfte, aber immerhin wurde er mit einer wichtigen Aufgabe betraut.

»Bis ich wieder da bin, bist du der Mann im Haus. Deine Mutter muss sich auf dich verlassen können.«

»Ich bin auch ein Mann«, meldete sich Christian zu Wort.

»Du bist ein kleiner Junge«, wies Martin den zwei Jahre Jüngeren zurecht.

»Streitet euch nicht!« Marie war gerade dabei, den Proviant für Hans in ein Tuch zu wickeln. Sie würde keine ruhige Minute haben, bis er zurück war. Zum Glück ging er nicht allein.

»Morgen werden wir wieder Mehl haben«, versprach Hans. »Dann hat das Mahlen mit der Hand erst einmal ein Ende.«

An der Tür klopfte es kräftig. Heinrich Brenner war da, eine Axt und ein langes Seil in der Hand. »Los geht's!« Neben ihm stand ein kleiner Schlitten für den Lebensmitteltransport.

Hans umarmte Marie: »Bis morgen. Mach dir keine Sorgen!«

»Passt auf euch auf!«, rief Marie den Männern hinterher, die zur Schneeoberfläche hinaufkletterten.

Nach einigen Minuten sagte Heinrich: »Ich wollte deine Frau nicht beunruhigen, aber wir müssen sehr vorsichtig sein.« Mit diesen Worten begann er, sich das eine Ende des Seiles um den Leib zu binden. Er reichte Hans das andere Ende. »Wir gehen abwechselnd voran, so weit wie möglich auseinander. Wenn der Vordermann einbricht, kann ihn der andere herausziehen.« Nachdem sich Hans das Seil umgebunden hatte, drückte ihm Heinrich auch die Schlittenleine in die Hand und ging forschen Schrittes los. Das Wetter konnte sich jederzeit ändern.

Hans war wirklich froh, dass er sich nicht allein auf den Weg machen musste. Nicht auszudenken, wenn er hier irgendwo einbräche und erfröre. Gott sei Dank hatten sie den Wind erst einmal im Rücken. Die warme Kleidung, die Hans von Clara und Karl bekommen hatte, erfüllte ihre Aufgabe hervorragend. Heinrich Brenner schien ebenfalls angemessen gekleidet zu sein. Durch die russischen Winter war er wohl an Kälte gewöhnt, dachte Hans. Während der gefrorene Schnee unter seinen Sohlen knirschte und er hinter sich den Schlitten über die vereiste Oberfläche gleiten hörte, versuchte er sich vorzustellen, wie Katarina, nur mit ihren dünnen Sachen bekleidet, die Nacht in dem Heuhaufen verbracht hatte. Nun wird sie mit einem Holzbein herumlaufen müssen, so wie der alte Wilhelm in Hungerstorf. Wie viel Leid manche Menschen doch ertragen mussten. Katarina hatte ihr Bein verloren, ihr Verlobter war tot und ihre Eltern sind auch erst diesen Sommer gestorben. Man hatte ihre Körper einfach über Bord geworfen, hatte ihm Michael Brenner erzählt, als sie zusammen den Brunnen aushoben. Wenn Marie oder einem der Kinder während der Reise etwas passiert wäre, hätte er sich das nie verziehen. Das war die Auswanderung nicht wert, lieber hätte er den Rest seines Lebens auf dem Gut gearbeitet.

Seine Tante war ja auch gleich nach der Überfahrt gestorben. Und jetzt war sein Onkel mit Clara aus Faulenrost verheiratet. Das musste man sich einmal vorstellen, ausgerechnet Clara! Zu Hause im Dorf waren sie nicht müde geworden, darüber zu reden, und Joachim Möller hatte man in den letzten Jahren nur noch besoffen gesehen. Dass der nun auch hier war, war irgendwie unheimlich.

In diesem Moment fühlte Hans, der die Augen wegen des blendenden Schnees geschlossen hatte und einfach den Geräuschen von Heinrich Brenners Schritten gefolgt war, einen starken Ruck und wurde heftig nach vorn gezogen. Im Fallen riss er die Augen auf und sah nur Weiß. Er versuchte, sich mit den Händen abzufangen, landete aber der Länge nach im Schnee. Er richtete sich ein wenig auf und schaute, auf den Knien sitzend, auf die menschenleere, verschneite Prärie, die vor ihm lag. Von Heinrich keine Spur. Das Seil straffte sich und ruckte. »Hans! Bleib, wo du bist, und zieh mich raus!«

Hans setzte sich hin, grub den rechten Hacken in den Schnee, winkelte das linke Bein an und zog an der Leine. Heinrich war schwer und Hans musste alle Kraft aufwenden, aber bald lugte der Nachbar über den Rand der Schneedecke, schlug die Axt in das Eis und zog sich daran hinaus.

»Jetzt gehst du vor!«, rief er schnaufend.

Karl Wolter stapfte zur gleichen Zeit ebenfalls durch den Schnee, und zwar ausgesprochen schlecht gelaunt. Seit Christian Kaufmann das Zeitliche gesegnet hatte, war vieles schief gelaufen. Die Landratswahl hatte er knapp verloren und manche Stammkunden waren schon seit Wochen nicht mehr im Laden gewesen. Wenn doch jemand kam, spürte er oft eine Mischung aus Neugier und Furcht. Auch die Gottesdienste in Himmelsfeld waren nicht mehr so gut besucht und er spürte die Blicke der Besucher im Nacken, wenn er dort wie immer in der ersten Reihe saß. Gottfried Seidel wirkte fahrig und nervös, aber das war eigentlich schon immer so gewesen. Schwer zu sagen, ob es seit dem Mord schlimmer geworden war. Zu diesem Thema hatte der Pfarrer seit der Beerdigung ihm gegenüber kein Wort mehr verloren.

Clara hatte Karl noch am selben Abend gefragt, ob er etwas mit dem Tod des Hotelbesitzers zu tun hatte, und sie hatten sich daraufhin heftig gestritten, denn dass Clara ihm eine solche Tat zutraute, war doch wohl ungeheuerlich. Am nächsten Tag meinte sie dann, dass sie sich einfach nur große Sorgen machte, wie es nun in Himmelsfeld weitergehen würde. Immerhin besaß Christian Kaufmann alle unbebauten Grundstücke der Stadt und von Erben war nichts bekannt. Karl erklärte ihr, dass die Stadt – damit meinte er sich selbst – die Grundstücke treuhänderisch verwalten könnte und falls dann doch ein Erbe auftauchte, würde man sich schon einigen.

Das Hotel wurde jedenfalls bis auf Weiteres geschlossen. Derzeit wohnten darin noch Mary Bayne und Gottfried Seidel, den man dort einquartiert hatte, weil die Lehrerin sich nach der grausigen Bluttat allein in dem Gebäude fürchtete. Der Pfarrer hatte sich zuerst mächtig dagegen gesträubt, aber dann doch eingewilligt. Dass der sich aber auch so haben musste.

Karl fand es ein wenig übertrieben, dass Hans gleich am nächsten Morgen Marie und die Kinder mit zur Hütte nahm, zumal bei solchen Temperaturen. In seinem Haus wären sie doch sicher gewesen.

Gesehen hatte anscheinend niemand etwas und Jack Hunhoff, der für einige Stunden nach Himmelsfeld gekommen war, zog unverrichteter Dinge wieder ab. Ohne Zeugen und ohne direkte Anschuldigungen lohnte es sich wohl nicht, weiter zu ermitteln.

Christian Kaufmanns Leichnam wurde nach Watertown geschafft und dort beerdigt. Wie gut, dass es in Himmelsfeld keinen Friedhof gab! Jetzt war dieser Gernegroß ein für alle Male aus der Stadt. Im Frühjahr würden die Leute dann mit der Aussaat beschäftigt sein und alles vergessen.

Karl war sich sicher: Sobald der Eisenbahnanschluss kam, würde sowieso ein neues Kapitel in der Geschichte von Himmelsfeld beginnen.

»Ihr seid doch verrückt, bei dieser Kälte durch die Gegend zu wandern!« Mit diesen Worten setzte Albert Koch, seines Zeichens Inhaber des *Dakota Hotels* in Watertown, zwei große Becher mit Tee vor die halb abgefrorenen Nasen von Hans und Heinrich.

»Ja, verrückt.« Hans konnte kaum sprechen. Sein Gesicht schmerzte.

Heinrich deutete auf das Schlüsselbrett. »Keine Gäste?«

»Nein, ihr seid die ersten in fast zwei Wochen. Seit Anfang des Monats ist kein einziger Zug mehr durchgekommen.«

»Gibt es noch Mehl zu kaufen?« Hans war beunruhigt.

»Ja, gibt es. Aber die Preise, mein lieber Mann!«

Hans sah den Hotelbesitzer fragend an.

»Alles dreimal so teuer wie sonst. Angebot und Nachfrage, so läuft das hier in Amerika.«

Nachdem sie sich etwas aufgewärmt hatten, machte sich Heinrich auf, um mit Doktor Keller zu sprechen.

Hans wollte sich in der Zwischenzeit in den Läden umsehen.

Es wurde bereits dunkel. Aus den Geschäften fiel Licht auf den festgetretenen Schnee. Als Hans bei einem Tabakladen, in dem ein Kunde heftig gestikulierend mit dem Inhaber zu streiten schien, um die Ecke bog, sah er schräg gegenüber auf der anderen Straßenseite seinen Onkel aus einem Laden kommen. Er glaubte seinen Augen nicht zu trauen: Bevor er die Tür hinter sich schloss, drehte sich der Onkel um und küsste eine Frau zum Abschied.

Hans betrat schnell eine Fleischerei. Er hatte die Frau gleich erkannt: Sie war die Ladenbesitzerin, die ihnen damals im Juli, als er sein Land bekam, zugewinkt hatte, als sie auf dem Wagen des Onkels durch die Stadt fuhren. Ja richtig, das war dieselbe Straße. Mit all dem Schnee sah sie jetzt ganz anders aus. Auch die Frau hatte sich verändert: Sie war hochschwanger. Was hatte der Onkel damals gesagt? »Wir Geschäftsleute kennen uns alle.« Fragt sich nur, wie gut, dachte Hans. Oder hatte er sich getäuscht? Es war ja schon ziemlich dunkel. Aber nein, die Tür war hell erleuchtet gewesen.

»How can I help you?«, erkundigte sich der Fleischer, von einer Zeitung aufblickend. Außer ein paar Würsten, die hinter ihm an den Fleischerhaken hingen, gab es nichts in dem Laden.

Hans hatte eigentlich nicht vorgehabt, Fleisch zu kaufen, denn dafür hatte er nun wirklich kein Geld, aber er deutete auf die Würste und fragte: »How much?«

»Einsfuffzig«, antwortete der Fleischermeister auf Deutsch. Er hatte den Landsmann an seiner unsicheren Aussprache erkannt. »Beste Blutwurst, ganz wie zu Hause.«

»Packen Sie eine ein, Herr Schulze.« Hans zuckte vor Schreck zusammen, als er die Stimme hörte. Karl legte einen Arm um seine Schulter. »Aber sag mir lieber, was du hier machst, mein Junge, um diese Uhrzeit, so weit weg von deiner Homestead und noch dazu bei dieser Kälte.«

Hans berichtete von Katarinas Zustand und das Gesicht des Onkels wurde ernst. Er bezahlte und sagte: »Komm!«

Sie gingen eilig zum Haus von Doktor Keller. Hans hatte seine Sorge geäußert, dass der Doktor nicht mitkommen würde. »Das ist nur eine Frage des Geldes, mein Junge«, meinte Karl. »Für den richtigen Betrag machen die Leute hier alles.«

Heinrich Brenner kam gerade aus der Tür, als Hans und Karl das Haus des Doktors erreichten. »Und was sagt er?«

»Er kommt, aber nur, wenn es nicht schneit. Und einer von uns muss ihn zurückbegleiten.«

Hans nickte. »Ich mach das, dann kann ich noch eine Fuhre Mehl holen.«

»Du willst Mehl kaufen?«, fragte Karl.

»Ja, wir haben keins mehr.«

»Das trifft sich gut, deswegen bin ich auch hier. Da könnt ihr gleich mitkommen zum Getreidehandel.«

»Aber wir wollen Mehl.«

»Der einzige Ort, wo du jetzt noch Mehl bekommst, ist bei Ingo Helmerson. Einen Teil des Weizens lässt er in Bismarck mahlen und verkauft ihn hier wieder. Kein schlechtes Geschäft, muss ich sagen.«

Kurz bevor sie den Getreidehandel erreicht hatten, kam ihnen ein Fuhrwerk mit vier Pferden entgegen. Einer der beiden Männer, die in Pelzmäntel gehüllt auf dem Kutschbock saßen, nickte Karl mit eiserner Miene zu.

»Georg Block«, murmelte Karl. »Ich ahne nichts Gutes.«

Als sie um die Ecke bogen, war Ingo Helmerson dabei, das Tor zu verriegeln. »Ah, Karl Wolter!«, rief er. »Und Hans Sievers, wenn ich mich recht erinnere. Na, wie gefällt Ihnen das Leben hier?«

»Gut«, erwiderte Hans kurz.

»Schön.« Ingo Helmerson wandte sich sogleich dem Onkel zu: »Ja, mein lieber Karl, die Konkurrenz war gerade hier.«

»Hab ich gesehen.«

»Tja. Ein ausgefuchster Geschäftsmann, der Herr Block. Der weiß, was er will.«

»Wie dem auch sei, wir wissen ebenfalls, was wir wollen, nämlich Mehl.«

»Ja, natürlich. Wie viel darf's denn sein?«

»Zehn Zentner für mich und für meinen Neffen einen halben Zentner.«

»Gerne. Das macht dreiundsechzig Dollar.«

»Wie bitte?« Karl glaubte, sich verhört zu haben.

»Dreiundsechzig Dollar.«

»Sechs Dollar der Zentner? Das ist doch nicht dein Ernst!«

»Sicher doch. Georg Block hat das ohne Weiteres bezahlt.«

»Ich weiß ja nicht, was Herr Block seinen Kunden erzählt, aber das glaubt mir in Himmelsfeld keiner. Die werden mich alle für habgierig halten.«

»Das ist mir egal. Wenn du das Mehl nicht kaufen willst, wird sich bestimmt jemand anders finden.«

Karl zählte dem Getreidehändler fluchend die Dollarscheine in die Hand. »Sobald wir den Bahnanschluss haben, werde ich in Himmelsfeld Mehl verkaufen und es so billig machen, dass dir hier die Kunden wegbleiben.« Er sah dem Dänen direkt in die Augen. »Und nicht nur das. Ich werde auch Getreide aufkaufen, zu besseren Preisen als du. Du wirst deine Halsabschneiderei noch bereuen.«

»Wie mir zu Ohren gekommen ist, scheint das Halsabschneiden doch wohl eher deine Spezialität zu sein«, erwiderte Ingo Helmerson mit einem leichten Lächeln.

17. November 1881

Doktor Keller sah Friederike müde an. »Es ist leider zu spät. Eine weitere Amputation wird Ihre Schwester nicht mehr retten.«

Katarina hatte hohes Fieber und zitterte heftig. Sie hatte bereits das Bewusstsein verloren.

Heinrich Brenner legte einen Arm um Friederikes Schultern. »Der Herr im Himmel wird sich ihrer annehmen.«

Friederike wurde schwarz vor Augen. Erst starben die Eltern und jetzt Katarina. Nun würde sie hier ganz allein in dieser eingeschneiten Hütte sitzen.

»Mach dir keine Sorgen, wir sind ja auch noch da.« Heinrich Brenners Worte drangen kaum an ihr Ohr. Sie war in Gedanken bei dem Augenblick, als Katarina und sie hier ankamen und sich so vollkommen hilflos fühlten.

Es war ein wolkenverhangener Nachmittag im Mai. Nachdem sie Stunden gebraucht hatten, um von Watertown aus hierher zu gelangen, standen sie plötzlich in dieser Steppe. Kein Haus weit und breit. Nicht einmal ein Baum.

Thomas hatte ihren Wagen kutschiert, sein Vater war mit dem anderen Wagen etwas vorausgefahren.

Heinrich Brenner kam ihnen zu Fuß entgegen und rief: »Das ist euer Land und unseres ist gleich dort vorn.« Er deutete auf die Stelle, wo seine Frau und Söhne gerade dabei waren, einige Kisten abzuladen. »Hier in der Nähe ist auch ein Bach. Dort können wir Wasser holen und die Tiere tränken, bis wir unsere Brunnen gegraben haben.«

Friederike und Katarina schauten sich hilflos um.

»Thomas wird euch helfen, die Ochsen auszuspannen und eine Feuerstelle zu bauen. Die ersten Tage schlaft ihr auf eurem Wagen.«

Die Freude über das riesige Stück Land war ihrem Nachbarn ins Gesicht geschrieben. Sie aber standen nach dem Tod ihrer Eltern noch unter Schock.

Eigentlich hatten sie geplant, dass die Eltern hier ihre Homestead aufbauen und Katarina, die alt genug war, um eigenes Land zu bekommen, gleich daneben ein Stück Land nimmt. Der Vater wollte, bis Werner nachkam, zunächst alles allein bewirtschaften.

Friederike spielte in diesen Plänen keine Rolle. Man ging wohl davon aus, dass sie in den nächsten Jahren heiraten und dann auf dem Hof ihres Mannes leben würde.

Und jetzt, nur ein halbes Jahr später, waren sie alle tot.

Hans saß im Stall und grübelte, ob er Marie erzählen sollte, dass er seinen Onkel in Watertown mit einer anderen Frau gesehen hatte. Wahrscheinlich wäre es besser, wenn er es nicht täte. Marie würde sich nur wieder Sorgen machen. Außerdem konnte er vor den Kindern sowieso nicht darüber reden.

Wie lange Karl die Frau und das Kind wohl vor Clara geheim halten wollte? Oder hatte er Pläne, Clara zu verlassen? Und was war mit Joachim? Der würde doch kaum tatenlos zuschauen.

Aber damit nicht genug. Es wusste nach wie vor niemand, wer Christian Kaufmann ermordet hatte. Und mit dem Mann aus Miller, Georg Block, war anscheinend auch nicht gut Kirschen essen. Was passiert, wenn Himmelsfeld den Eisenbahnanschluss nicht bekommt? Vielleicht hatte Konrad Meier ja recht und die kleine Stadt verschwindet wieder.

Sollte er sich wirklich Gedanken um das alles machen? Seine Homestead war weit weg von Himmelsfeld. Die Kinder könnten auch in Watertown zur Schule gehen. Wahrscheinlich wäre es besser, erst einmal abzuwarten, was die nächsten Wochen und Monate brachten. Hauptsache, sie hatten genug zu essen und überstanden den Winter unbeschadet. Wenn es so weiter schneite, würden sie hier ohnehin die meiste Zeit festsitzen und kaum jemand anders sehen. Auf ihre Nachbarn, besonders Heinrich Brenner, konnten sie sich jedenfalls verlassen. Die arme Katarina. Dass sie aber auch so ein Pech haben musste. Was wohl jetzt aus Friederike wird?

Hans schloss die Stalltür. Er kletterte über den Schnee und setzte eine frohe Miene auf, bevor er die Hütte betrat. Im Hinterkopf nagte jedoch die Sorge, dass er durch seinen Onkel früher oder später in irgendetwas Unangenehmes hineingezogen werden könnte.

Hermann Rentz knallte das Geld auf die Ladentheke. »Keinen Cent mehr, sage ich!«

»Hol dir doch selber Mehl aus Watertown! Dann wirst du ja sehen, dass ich mir diese Preise nicht ausgedacht habe.« Karl Wolter ging das Gefeilsche auf die Nerven. »Ich verdiene rein gar nichts an dem verdammten Mehl, das kannst du mir so langsam mal glauben.«

»Ach, diese Leier schon wieder!« Der Drogeriebesitzer schüttelte ärgerlich den Kopf. »Hätte ich mich bloß nicht von dir überreden lassen, hierher zu ziehen.«

In diesem Moment schwang die Tür auf und Adam Olney trat hustend herein.

»Guten Morgen!«, rief der Schmied, während er ein Taschentuch aus der Jacke zog.

»Erkältet?«, fragte Karl Wolter.

»Das kann man wohl sagen!« Adam Olney schnaubte lautstark aus. »Wie sieht's denn mit Mehl aus? Hast du welches in Watertown bekommen?«

»Und ob er welches bekommen hat«, maulte Hermann Rentz. »Und jetzt zieht er uns dafür den letzten Cent aus der Tasche!«

Adam Olney sah beunruhigt von Hermann Rentz zu Karl Wolter.

»Quatsch doch nicht so dumm«, rief dieser. »Es kostet, was es kostet, dafür kann ich nichts, wie oft soll ich das denn noch sagen?«

»Drei Dollar für den halben Zentner, das ist Wucher!« Hermann Rentz schrie beinahe. »Wie sollen wir bei solchen Preisen bloß durch den Winter kommen?«

»Drei Dollar?« Adam Olney konnte es nicht fassen.

»Beschwert euch bei Ingo Helmerson! Der hat mir das Mehl zu diesem Preis verkauft. Und nun muss ich mir euer Gejammer anhören.« Karl Wolter stützte sich mit beiden Händen auf den Ladentisch. »Das ist nun der Dank dafür, dass ich das Mehl auf eigene Kosten hierher geschafft habe.«

»Ich glaub dir kein Wort, du Halsabschneider!«

Karl Wolter griff Hermann Rentz am Kragen: »Jetzt reicht's mir aber!«

Adam Olney schickte sich an, dazwischenzugehen, aber Karl ließ den Drogeriebesitzer gleich wieder los. Er sah die beiden Männer scharf an. »Verschwindet aus meinem Laden, wenn ihr nichts kaufen wollt!«

In diesem Moment ging die Tür auf.

»Störe ich?« Jack Hunhoff sah lächelnd in die Runde, nahm den Hut ab und warf die Handschuhe auf die Ladentheke.

»Guten Morgen, Sheriff!«, grüßte Karl.

»Guten Morgen, meine Herren!« Der Sheriff kannte sie alle, denn nach dem Mord an Christian Kaufmann hatte er sich mit jedem Einwohner der Stadt und auch mit einigen Bauern aus der Umgebung unterhalten. Zu einem Ergebnis war er jedoch nicht gekommen. Zwar berichteten alle von der Feindschaft zwischen Karl Wolter und Christian Kaufmann und nicht wenige verdächtigten Karl, gesehen hatte aber niemand etwas.

Karl war außerdem an besagtem Nachmittag in Watertown gewesen, was die Besitzerin der dortigen Schneiderei bestätigte. Und nach seiner Rückkehr hatte er anscheinend seinen Neffen Hans aus dem Schneesturm gerettet, was von mehreren Leuten bezeugt wurde. Und selbst wenn er Christian Kaufmann zwischendurch die Kehle durchgeschnitten hatte, in dem Schneegestöber hätte ihn sowieso niemand aus dem Hotel kommen sehen.

»Wo kann ich den Herrn Pfarrer finden?«, fragte Jack Hunhoff in die Runde.

Karl Wolter zuckte mit den Schultern. »Keine Ahnung«, meinte Adam Olney. Hermann Rentz, der immer noch hochrot vor Ärger war, hatte die Frage in seiner Aufregung offenbar gar nicht gehört.

»Wünsche einen schönen Tag!« Der Sheriff nahm Hut und Handschuhe und verließ das Geschäft. Als er die Tür hinter sich geschlossen hatte, hörte er die Männer im Laden wieder laut streiten.

Er machte sich auf den Weg zum Hotel. Die drei Streithähne waren ihm egal, aber was den Pfarrer betraf, hatte er seit Christian Kaufmanns Beerdigung ein ganz merkwürdiges Gefühl.

Zwei Tage nach dem Mord fanden sich Gottfried Seidel, Mary Bayne, die Hotelköchin Mete Langenfeld und ihr Mann Thomas sowie Jacob Stewart, der den Leichentransport übernommen hatte, zum Begräbnis in Watertown ein. Karl Wolter war nicht gekommen.

Christian Kaufmann lag in einem einfachen Sarg. Mary und Mete vergossen gerade einige Tränen und die Männer standen mit unbewegten Gesichtern da, als Jack Hunhoff gegen Ende des Begräbnisses hinzukam. Gottfried Seidel betete für den Verstorbenen und verhaspelte sich dabei fortlaufend. Man konnte glauben, dass der Pfarrer noch nicht viele Beerdigungen durchgeführt hatte.

Bevor die Trauergesellschaft sich auf den Weg zurück nach Himmelsfeld machte, nahm Jack Hunhoff den Pfarrer beiseite. »Beerdigungen scheinen nicht so Ihre Sache zu sein?«

Gottfried Seidel massierte sich kurz die Stirn und flüsterte: »Das war meine erste.«

»Wie kommt das denn?«, fragte der Sheriff überrascht und so laut, dass sich alle nach ihm umdrehten. Etwas leiser fuhr er fort: »Ich dachte, Beerdigungen gehören mehr oder weniger zum Alltag eines Pfarrers.« Er musterte Gottfried Seidel, der rot angelaufen war. »Wo waren Sie denn bisher als Pfarrer tätig?«

»Im Gefängnis.«

»Wie bitte?«

»Ich war sechs Jahre lang Gefängnispfarrer, in einem Zuchthaus bei Berlin.« Er klang absolut glaubwürdig.

»Und da mussten sie keine Beerdigungen durchführen?«

»Nein, wenn mal jemand starb, wurde er in seiner Heimatgemeinde beigesetzt.« Gottfried Seidel lächelte.

»Taufen habe ich deshalb auch noch nicht gemacht.«

»Na, dann lassen Sie das Kind mal nicht in den Brunnen fallen«, antwortete Jack Hunhoff.

Irgendwas stimmte mit diesem Kerl nicht, so viel war sicher, und jetzt würde er ihm auf den Zahn fühlen.

Mary Bayne kam gerade aus der Tür.

»Ist der Herr Pfarrer auf seinem Zimmer?«, fragte Jack Hunhoff auf Englisch. »Nein, ich habe ihn vor einigen Minuten weggehen sehen«, antwortete die Lehrerin.

»Na gut. Ich müsste mich auch noch einmal im Büro umschauen.«

Mary Bayne ließ ihn ein, bevor sie sich auf den Weg zum Laden machte.

Im Hotel war es kalt, denn der Pfarrer und die Lehrerin heizten nur ihre eigenen Zimmer. In dem Büro, das Jack Hunhoff am Tag nach dem Mord abgeschlossen hatte, sah alles unverändert aus. Neben dem Schreibtisch war nach wie vor der gewaltige Blutfleck, der größte, den der Sheriff jemals gesehen hatte.

Jack Hunhoff setzte sich auf den knarrenden Stuhl und blätterte in den Papieren, die auf dem Tisch lagen. Eine Mappe enthielt Grundstückspapiere, eine andere Unterlagen für die Schulfinanzen. Als nächstes zog er die oberste Schublade heraus. Hier fand er die Buchführung für das Hotel. Darunter lag eine geladene Pistole, nichts Besonderes in dieser Gegend.

Der Sheriff entschied sich, die Grundstückspapiere gründlich durchzusehen, da es am wahrscheinlichsten war, dass der Tote darüber Streit mit jemandem gehabt hatte. Die Schulfinanzen oder Hotelrechnungen erschienen ihm als Anlass für einen Mord doch eher unwahrscheinlich.

Die Grundstückspapiere sahen allerdings auch ganz gewöhnlich aus. Da waren die Kaufverträge, die Max Kaufmann mit Karl Wolter und Jacob Stewart sowie Christian Kaufmann mit Hermann Rentz und Adam Olney abgeschlossen hatten. Die *Dakota Bank* hatte ihr Grundstück lediglich für ein halbes Jahr gemietet. Auf den meisten Blättern standen Grundstücksnummern, ansonsten waren sie aber leer. Es handelte sich dabei wohl um die unverkauften Parzellen.

Beim allerletzten Blatt pfiff Jack Hunhoff schließlich durch die Zähne: Es war ein Duplikat des Vertrages für Karl Wolters Grundstück, jedoch ohne Namen. Das Datum war ebenfalls unvollständig, nur die Jahreszahl war bereits eingetragen: 1882.

Der Sheriff nahm das Blatt aus der Mappe und ging zurück zum Laden. Adam Olney war inzwischen gegangen, aber Hermann Rentz war immer noch da und jammerte wegen der hohen Preise. Gottfried Seidel war jetzt auch im Laden und versuchte, den Drogeriebesitzer zu beruhigen. Mary Bayne stand wortlos daneben.

Gottfried Seidel zuckte zusammen, als er den Sheriff sah.

»Sie erschrecken sich aber leicht«, scherzte Jack Hunhoff.

»Das hab ich ihm auch schon gesagt«, schmunzelte Karl Wolter.

Gottfried Seidel zuckte mit den Schultern. »Dagegen kann man nichts machen.«

Jack Hunhoff winkte ab und wandte sich Karl Wolter zu. »Herr Wolter, auf ein Wort bitte.« Er deutete in Richtung Lagerraum.

»Aber sicher. Was gibt's?«

»Ich möchte Ihnen etwas zeigen.« Der Sheriff zog die Tür hinter sich zu.

»Der Kaufvertrag für mein Grundstück. Na und?« Karl Wolter gab das Blatt zurück. Jack Hunhoff reichte ihm das Duplikat mit der Jahreszahl 1882. Karl sah ihn fragend an. »Was ist das denn?«

»Das wollte ich Sie fragen. Können Sie sich das irgendwie erklären?«

»Nein, keine Ahnung. Da war wohl der Wunsch der Vater des Gedankens. Der werte Herr Hotelbesitzer, Gott habe ihn selig, hatte vielleicht geträumt, dass ich hier Leine ziehe.«

»Sie beide waren sich nicht besonders grün, oder?«

»Das kann man wohl sagen! Der hat sich hier aufgeführt, als ob die Stadt ihm gehört.«

»Hat sie ja mehr oder weniger auch.«

»Aber so baut man doch keine Stadt auf! Sein Vater war da ganz anders, der hatte das Gemeinwohl im Sinn.«

»Wenn ich recht verstehe, hat Christian Kaufmann die Schule gegründet.«

»Sicher, und ich baue hier eine Kirchengemeinde auf und betreibe eine Zeitung. So macht jeder, was er kann.«

»Und jetzt haben Sie hier alleine das Sagen.«

»Was soll das denn heißen?«

»Dass Sie nicht traurig sind, dass er tot ist.«

»Stimmt, aber nächstes Jahr wäre der bestimmt auch so abgehauen. Kleinstadtleben war nichts für den.«

»Wie meinen Sie das?«

»Na, der kam doch aus Chicago. Und aufgewachsen war er in Milwaukee. So ein Großstadtmensch geht nicht einfach für immer aufs Land.« Karl sah den Sheriff an, als sei ihm ein Licht aufgegangen. »Vielleicht hat sein Tod ja etwas mit seiner Vergangenheit in der Stadt zu tun? Wer weiß, wie der seinen Lebensunterhalt bestritten hat, bevor er hierher kam. Sein Vater hat ihn einmal einen Schmarotzer genannt.«

Jack Hunhoff grübelte. »Das wäre eine Möglichkeit. Der Täter scheint so etwas jedenfalls nicht zum ersten Mal gemacht zu haben. Jemanden im Eifer des Gefechts zu erschießen oder zu erstechen, ist eine Sache, aber einem Menschen die Kehle derart kaltblütig und gründlich durchzuschneiden, das kann nicht jeder.«

»Ich glaube nicht, dass das jemand hier aus Himmelsfeld war. Hermann ist zu schwach, Adam bloß ein Hitzkopf mit nichts dahinter und Jacob, nein, der hält sich immer aus allem heraus.«

»Und Sie?«

»Denken Sie wirklich, ich würde alles aufs Spiel setzen? Meine Familie, meinen Laden? Ich wäre hier schon zurechtgekommen, auch wenn Christian Kaufmann nicht das Zeitliche gesegnet hätte.«

In diesem Moment klopfte es. Gottfried Seidel steckte den Kopf zur Tür herein.

»Herr Sheriff, da zieht ein Sturm heran. Sie sollten sich beeilen, falls Sie noch nach Watertown zurückwollen.«

Heiligabend

24. Dezember 1881

»Wir gehen dann schon mal.« Clara stand mit Johanna an der Hand in der Tür des Schlafzimmers. Sie wollten beim Schmücken der Schule helfen. Beide trugen ihre besten Kleider und Johanna ihre schönste Schleife im Haar.

»Ja, macht das, ihr Hübschen«, schmunzelte Karl, der gerade dabei war, seinen Sonntagsanzug anzuziehen. Bis zum Gottesdienst war noch etwa eine Stunde Zeit. »Ich komme gleich nach.«

Einen Augenblick später hörte er, wie die beiden lachend die Treppe hinunterliefen.

Karl war ebenfalls ausgezeichneter Laune. Zwar hatte er die Landratswahl verloren, aber hier in Himmelsfeld stellte nach Christian Kaufmanns Tod nun niemand mehr seine Autorität infrage. Heute würde er zum Abschluss des Gottesdienstes verkünden, dass man im Frühjahr, sobald die Felder bestellt waren, eine Kirche bauen wolle.

Mit den guten Verbindungen, die seine Parteifreunde hatten, dürfte auch mit dem Eisenbahnanschluss nichts mehr schief gehen. Georg Block würde ganz schön dumm aus der Wäsche schauen und Ingo Helmerson konnte sich auf etwas gefasst machen. Karl war fest entschlossen, einen Getreidehandel zu eröffnen. Den Bauern hier war es sicher recht, wenn sie nicht mehr den langen Weg nach Watertown fahren mussten.

Vor sich hin pfeifend griff er seinen Hut und trat aus der Tür. Als er die Treppe hinunterschaute, erstarb allerdings die Melodie auf seinen Lippen. Dort unten wartete Joachim Möller.

Als Clara und Johanna am Schulhaus ankamen, waren die Vorbereitungen für den Weihnachtsgottesdienst beinahe abgeschlossen. Gottfried Seidel und Hermann Rentz rückten gerade die letzten Schulbänke zusammen.

Anna Rentz stand auf einem Stuhl und war dabei, Lichter anzuzünden. Als sie Clara und Johanna sah, rief sie aufgeregt: »Clara, gut, dass du kommst, wir brauchen mehr Kerzen!«

Clara sah sich um. In dem kleinen Raum brannten reichlich Kerzen, aber wenn sich Anna Rentz einmal etwas in den Kopf gesetzt hatte, machte es wenig Sinn, ihr zu widersprechen, zumal ihr Mann der Vorsitzende des Kirchenrats war und sie darum eine besondere Verantwortung für das Gelingen der Gottesdienste zu spüren schien.

»Wir haben noch genug Kerzen zu Hause«, antwortete Clara deshalb. »Johanna, hilf Tante Anna, bis ich wieder da bin!« Das kleine Mädchen, das Joachim Möller wie aus dem Gesicht geschnitten war, nickte artig.

Eiligen Schrittes ging Clara von der Schule zurück zum Laden. Mittlerweile hatte es zu schneien begonnen und der Wind blies nun heftiger und kälter als auf dem Hinweg. Nach einigen Minuten hatte sie den Weg geschafft.

Clara wollte die Treppe hinauflaufen, blieb dann aber auf der zweiten Stufe wie angewurzelt stehen. Die lauten Stimmen, die aus dem Stall kamen, kannte sie genau: Es waren die von Karl und Joachim.

»Was willst du denn noch, ich hab doch alles gemacht, was du gefordert hast«, hörte sie den Vater ihres Kindes rufen.

»Ich will, dass du verschwindest!«, antwortete ihr Mann in barschem Ton. »Tauchst hier einfach am Heiligen Abend auf.«

»Ich geh nicht eher, bis ich weiß, wann ich Clara und Johanna bekomme.«

Clara glaubte ihren Ohren nicht zu trauen. Sie trat dicht an die angelehnte Stalltür.

»Das kann ich dir sagen: niemals.«

»Aber du hast gesagt, wenn ich den Hotelbesitzer aus dem Weg schaffe, sorgst du dafür, dass Clara zu mir zurückkommt!«

»Das hast du doch nicht etwa geglaubt?« Karl lachte. »Weißt du was, ich gebe dir noch ein paar Kühe und dann ist Ruhe.«

»Nichts ist mit Ruhe. Wenn Clara hört, dass du Vater wirst, ist es aus damit.«

»Was soll das heißen?«

»Das heißt, dass sie von mir die Wahrheit erfährt.«

»Gar nichts wird sie erfahren!«

Aus dem Stall waren ein heftiges Gerangel und dann ein Schmerzensschrei zu hören, als würde ein Tier abgestochen.

Im nächsten Augenblick wurde die Tür aufgestoßen und Joachim kam herausgerannt. Clara stand wie versteinert hinter der Tür an die Wand gepresst. Joachim sah sie nicht und verschwand im Dunkeln. Karl kam schleppendes Schrittes und keuchend aus dem Stall. Auch er bemerkte Clara nicht und stieg mühsam die Treppe hinauf. Er hielt sich den Bauch mit einer Hand und zog sich mit der anderen am Geländer hoch. Bei jeder Stufe stöhnte er vor Schmerzen. Oben angekommen, fiel er auf die Knie, öffnete die Tür und kroch in die Wohnung.

Clara starrte vor sich hin. Vom Stall bis zur Treppe sah sie Blut im Schnee, das jedoch schnell zu verschwinden begann, denn es schneite jetzt sehr stark. Sie konnte nicht fassen, was sie gehört hatte. Joachim hatte Christian Kaufmann getötet? Karl hatte sie und Johanna als Lohn dafür versprochen? Karl wurde Vater?

Immer noch auf das Blut schauend, begriff sie endlich, dass Joachim auf Karl eingestochen hatte. Sie musste ihm helfen!

Als sie in Richtung Treppe eilte, knirschten schnelle Schritte im Schnee. Kam Joachim etwa zurück? Clara versteckte sich hinter den leeren Fässern, die unter der Treppe standen. Die Schritte verstummten und jemand rüttelte an der verschlossenen Hintertür zum Laden. Clara lugte hinter den Fässern hervor. Es war nicht Joachim, den sie sah, sondern Adam Olney, der die Tür eintrat und im Laden verschwand. Bestimmt wollte er Mehl stehlen. Karl hatte ihr erzählt, wie sehr er und Hermann Rentz sich vor einigen Wochen über die Preise aufgeregt hatten.

Im Laden gab es ein dumpfes Geräusch, als wurde ein Fass umgeworfen, und kurze Zeit später kam Adam Olney aus der Tür gerannt, und zwar mit leeren Händen. Er blieb ruckartig stehen, drehte sich um und sah in den Laden. Es schien, als wurde sein Gesicht angeleuchtet. Dann murmelte er: »Frohe Weihnachten!«, und rannte in Richtung Schulhaus davon.

Clara kam unter der Treppe hervor, lief zur Tür und blickte in den Laden: Der Fußboden war von einem Flammenmeer überzogen.

Hans fluchte leise. Sie hätten doch lieber zu Hause bleiben sollen. Aber wie konnten sie den Weihnachtsgottesdienst verpassen? Das wäre das erste Mal in ihrem Leben gewesen. Heinrich Brenner hatte ihnen seinen Pferdeschlitten angeboten und nachdem der meiste Schnee Ende letzter Woche weggetaut war und es gestern nur leicht geschneit hatte, stand einer Fahrt nach Himmelsfeld wirklich nichts im Wege. Jetzt allerdings fuhren sie seit einigen Minuten durch einen regelrechten Schneesturm, der wie immer ganz unerwartet herangezogen war.

Auf einmal kribbelte es Hans in der Nase. In die klare Luft, die ihm der Wind samt Schnee ins Gesicht blies, hatte sich Rauch gemischt. Himmelsfeld musste nah sein, der Qualm kam gewiss aus einem der Schornsteine. Die Leute verbrannten hier alles Mögliche, und besonders getrocknete Büffelfladen qualmten unheimlich. Er sah sich zu Marie und den Kindern um und rief: »Wir sind fast da!«

Martin, der mit seiner Mutter und seinen Geschwistern dicht gedrängt auf der Ladefläche des Schlittens gesessen hatte, kletterte von hinten auf den Kutschbock. Als sie die Häuser beinahe erreicht hatten, sprang er auf: »Papa, es brennt!«

Im nächsten Augenblick sah auch Hans die Flammen, die aus dem Laden schlugen. Er brachte die Pferde zum Stehen, stieg vom Schlitten und rannte um das Haus herum. Er prallte gegen eine festlich gekleidete

Frau, die am Hintereingang stand und auf das Feuer starrte. Nach einer Schrecksekunde erkannte er sie. »Clara! Wo ist Karl?«

Clara blickte ihn mit Entsetzen an. »In der Wohnung. Ich glaube, er ist verletzt. Joachim war gerade hier!«

»Geht zurück zu eurer Mutter!«, befahl Hans seinen Söhnen, die ihm aufgeregt gefolgt waren.

Er stürmte die Außentreppe hinauf. Hierher waren die Flammen noch nicht gelangt.

Er rutschte auf den schneebedeckten Stufen aus, fing sich wieder und erreichte mit Müh und Not die Tür zur Wohnung über dem Laden. Als er sie öffnete, schlug ihm starker Rauch entgegen.

Er rief mehrmals den Namen seines Onkels. Keine Antwort.

Halb gebückt, einen Arm schützend vor dem Gesicht, wagte er sich hinein in den rabenschwarzen, verqualmten Gang. Weit kam er nicht: Er stolperte und stürzte.

Nach einem Moment der Besinnung tastete er nach dem Hindernis am Boden. Er erschrak heftig, als seine Hände zuerst eine Nase und dann einen Mund mit Bart berührten.

Hans rang nach Luft. Er kroch um den leblosen Körper herum, hob ihn an den Schultern ein wenig an, griff ihm von hinten unter die Arme und zog ihn mit letzter Kraft in Richtung Tür. Als er sie schließlich erreicht hatte und ihm das Schneegestöber in den Nacken peitschte, sank er erschöpft auf dem Treppenabsatz auf die Knie.

Der Onkel begann röchelnd nach der kalten Luft zu schnappen. Sein weißes Hemd war über dem Bauch blutgetränkt. Die großen Schneeflocken, die darauf landeten, färbten sich in Sekundenschnelle rot. Er flüsterte etwas. Hans beugte sich dicht an den Mund des Verletzten, aber er verstand nur Bruchstücke: »Clara ... das Kind ... du musst ...«

Dann nichts mehr. Kein Flüstern, kein Röcheln. Nur das Geräusch des Windes, der den Schnee gegen die Hauswand trieb.

Hans richtete sich auf. Sein Onkel lag tot vor ihm, den Kopf leicht zur Seite gerollt und die Augen weit aufgerissen.

Clara kam die Treppe hinauf. Hans stand auf und fasste sie behutsam am Arm, als sie oben angekommen war.

»Karl ist tot.« Hans fiel das Sprechen schwer.

Clara machte sofort kehrt und lief die Stufen hinunter: »Schnell, wir müssen Joachim hinterher.«

»Warte, wir können Karl doch nicht einfach dem Feuer überlassen!« Er packte den Onkel am Kragen und ließ ihn langsam die Treppe hinuntergleiten. Dabei rutschte er aus und konnte sich gerade noch so am Geländer festhalten. Die Leiche landete vor Claras Füßen und wirbelte jede Menge Schnee auf. Clara blickte erst ihren toten Mann an, dann Hans.

»Die Kinder dürfen ihn nicht sehen.« Sie griff den rechten Arm der Leiche, Hans den linken und zusammen zogen sie den schweren Körper durch den Schnee. Etwas abseits vom Stall blieben sie stehen. Clara ließ den Arm los und sagte zu Hans: »Komm!«

Er folgte ihr in den Stall. Das Wohnhaus stand nun völlig in Flammen und es war nur eine Frage der Zeit, bis das Feuer auch auf den Stall übergreifen würde.

Hans führte Karls Pferd hinaus und Clara die Kuh.

Clara rief: »Spann das Pferd vor den Schlitten!«

»Das dauert zu lange, lass uns meinen Schlitten nehmen.«

Martin und Christian, die neugierig waren, schauten um die Ecke.

»Kommt her!«, rief Hans, als er die beiden sah. »Du kümmerst dich um das Pferd«, sagte er zu Martin und zu Christian: »Und du dich um die Kuh. Bringt sie in den Hotelstall.«

Er lief zu Marie, die mit Emma beim Schlitten gewartet hatte. »Karl ist tot«, flüsterte er ihr ins Ohr. »Clara hat Joachim weglaufen sehen. Wir müssen hinterher!«

»Bitte, geh nicht!« Marie stand der Schrecken im Gesicht.

»Ich muss.« Hans streichelte seine Tochter. »Geht ins Hotel. Dort seid ihr vor dem Feuer sicher.«

Clara kam mit einem Gewehr in der rechten und einem kleinen Bündel in der linken Hand und kletterte auf den Schlitten.

Maries Augen füllten sich mit Tränen.

Hans umarmte seine Frau. »Mach dir keine Sorgen, wir sind bald zurück.«

Er stieg zu Clara auf den Bock und setzte die Pferde in Bewegung. Er fuhr in einem Bogen hinter den Häusern entlang zur Schule, aus der ein Weihnachtslied drang.

»Wir müssen in die andere Richtung!«, rief Clara.

»Ich weiß. Ich sage nur schnell den Leuten Bescheid.« Hans sprang vom Schlitten und eilte in das Schulgebäude, in dem kräftig gesungen wurde.

»Der Laden brennt!«, alarmierte Hans die Anwesenden mit lauter Stimme. Der Gesang erstarb schlagartig. Alle sahen Hans an. »Ich muss Clara nach Watertown zum Doktor bringen.«

»Was ist denn passiert?«, fragte Adam Olney.

Hans nahm ihn beiseite und sagte leise: »Joachim Möller hat Karl erstochen und den Laden angezündet.«

Der Schmied sah ihn mit großen Augen an. »Karl ist tot?«

»Er liegt hinterm Haus, neben dem Stall. Schaff ihn da weg, damit die Kinder ihn nicht sehen.«

Adam Olney nickte. Dann rief er Hans hinterher: »Wer ist denn Joachim Möller?«

Aber Hans hatte das schon nicht mehr gehört.

Sie fuhren gegen den Wind. Hans machte den Pferden Beine und sah Clara kurz von der Seite an. »Was stellen wir mit Joachim an?«

»Wir bringen ihn zum Sheriff«, antwortete sie nach einigem Zögern.

»Er wird sich weigern.«

»Dafür haben wir das hier.« Sie drehte das Gewehr, das auf ihrem Schoß lag, in den Händen.

Hans überlegte. »Vielleicht sollten wir lieber den Sheriff holen?«

»Das dauert viel zu lange«, widersprach Clara entschieden.

»Du hast recht.«

Sie schwiegen eine Weile und hingen ihren Gedanken nach, während sie versuchten, sich vor dem Schnee, der ihnen direkt ins Gesicht trieb, so gut wie möglich zu schützen.

Clara hatte gewaltige Kopfschmerzen und fror zudem unheimlich. Sie dachte an den Tag Anfang August, als Joachim im Laden aufgetaucht war. Seitdem hatte sie das Gefühl gehabt, dass alles einen schlimmen Ausgang nehmen würde. Ihr war klar: Joachim war ihnen nicht um die halbe Welt gefolgt, um dann tatenlos herumzusitzen! Aber sie hatte eher damit gerechnet, dass Karl dafür sorgen würde, dass Joachim sie nicht mehr belästigte. Stattdessen hat er Joachim dazu gebracht, Christian Kaufmann aus dem Weg zu schaffen. Hatte er wirklich die Absicht, sie und Johanna zu verlassen? Sie konnte das einfach nicht glauben. Sicher hatte er Joachim nur austricksen wollen. Womöglich war das Ganze sogar eine Falle gewesen und der Blizzard kam dazwischen. Aber was war mit dem Kind, das Joachim erwähnt hatte? War es nicht deswegen zu der Messerstecherei gekommen? Karl war so oft nach Watertown gefahren, und wenn sie nun darüber nachdachte, waren die Gründe oft doch mehr als fadenscheinig.

Hans begann ebenfalls zu frieren und sehnte sich zurück nach Hungerstorf, wo er jetzt mit der ganzen Familie Weihnachten feiern würde. Die Leute dort waren arm, aber sie schnitten sich nicht gegenseitig die Kehle durch oder rammten sich ein Messer in den Bauch. Und sie fuhren nicht mit einem Pferdeschlitten stundenlang durch die Kälte, um einen Mörder zu jagen. Wenn er das gewusst hätte, wäre er nicht hierhergekommen. Aber es half ja nichts, jetzt musste er das hier durchstehen. Im Frühjahr würde er seine Felder bestellen und einen neuen Abschnitt in seinem Leben beginnen, auf sich allein gestellt, denn der Onkel konnte ihm nicht mehr helfen. Unglaublich, was in den letzten Wochen alles geschehen ist, dachte er. Es würde bestimmt einige Zeit dauern, bis Marie wieder zur Ruhe kam.

Der Schneefall ließ nach, je weiter sie sich von Himmelsfeld entfernten, und bald hörte es ganz auf zu schneien. Die Wolken brachen auf und die Schneedecke reflektierte den Mondschein. Auf den Feldern standen die Häuser und Hütten einsam in der Kälte. Grauweißer Rauch kam aus den Schornsteinen, gedämpftes Licht aus den Fenstern.

Hans wusste, wo Joachims Hütte war, denn der Mann, den er beim Pflügen gesehen hatte, als er hier Ende Juli auf den Sheriff traf, war tatsächlich Joachim gewesen.

Er brachte die Pferde zum Halten und deutete auf die schwach beleuchtete Hütte. »Sieht so aus, als ob er da ist.«

Clara flüsterte: »Warte hier. Ich will erst mit ihm reden.«

»Ich lass dich da nicht alleine hingehen.«

»Mach dir keine Sorgen.« Clara griff in das Bündel, das sie aus dem Stall geholt hatte. Sie förderte einen Revolver zutage.

Hans sah sie fragend an. »Weißt du denn, wie man damit umgeht?«

»Karl hat es mir gezeigt.« Sie gab ihm das Gewehr. »Nimm das. Schieß, falls er weglaufen will.«

Ohne eine Antwort abzuwarten, sprang sie vom Schlitten und schritt hinüber zur Hütte.

Joachim Möller hörte ein Geräusch an der Tür.

»Ist da jemand?«

Die Tür ging ein wenig auf, klemmte dann aber am Querbalken. Joachim schaute durch den Spalt.

»Clara! Was machst du denn hier?«

Er riss die Tür auf. Clara kam herein, sank auf die Kiste, die neben der Tür stand, und nahm ihr Kopftuch ab. Sie blickte Joachim mit ausdrucksloser Miene an. Ihr Gesicht war vor Kälte rot und blau. »Karl ist tot.«

»Was?«

»Karl ist tot.«

Er tat ahnungslos. »Was ist passiert?«

Clara schwieg und starrte Joachim an. Dann flüsterte sie: »Ich habe euer Gespräch gehört.«

»Was für ein Gespräch?«

»Heute Abend.«

Joachim trat ein wenig zur Seite. »Und was hast du gehört?«

»Dass du Christian Kaufmann die Kehle durchgeschnitten hast.«

»Ich habe Christian Kaufmann nicht die Kehle durchgeschnitten!«

»Wie hat Karl dich denn dazu gebracht, seine Drecksarbeit zu machen?«

»Ich habe nichts gemacht!« Joachim wurde wütend. »Karl tauchte plötzlich bei mir auf, eine Woche nachdem ich bei euch im Laden war, und sagte, dass ich dich wiederhaben könne, unter zwei Bedingungen.«

»Zwei Bedingungen?«

»Ja, zuerst hat er mir nur eine genannt. Ich sollte eine Scheune bei Miller in Brand stecken.«

»Du warst das?«

»Ja.«

»Und die zweite Bedingung war Christian Kaufmann?«

»Das hat er mir dann später mitgeteilt. Ich habe ihm gesagt, dass er verrückt sei und dass ich das nicht mache, aber er hat nur gelacht und gemeint, dass die Leute in Miller sicher gerne wüssten, wer das mit der Scheune war.«

Clara schüttelte den Kopf. »Hast du dir nicht denken können, dass er dich reinlegen wollte?«

»Ich hätte ihn umbringen sollen, das Schwein! Aber er hatte mir doch versprochen, dass ich dich und unsere Tochter bekomme.«

»Und wer hat mich gefragt?« Clara griff in ihr Bündel. Im nächsten Augenblick richtete sie den Lauf des Revolvers auf ihn. Joachim langte blitzschnell nach der Mistgabel, die an der Wand hing. Clara schoss ihm ins Bein.

Joachim krümmte sich vor Schmerzen.

»Ich habe den Hotelfritzen nicht umgebracht. Der war schon tot, als ich da hinkam.«

»Du lügst! Du hast doch zu Karl gesagt, dass du es warst.«

»Weil ich dich wollte! Aber da war so ein Blonder, der ist hinten aus dem Hotel raus, als ich auftauchte.«

»Und Karl hat dir nicht geglaubt.«

»Ich hätte mich nie darauf einlassen sollen. Hätte ich ihn doch gleich abgestochen.«

»Das hast du dann ja heute gemacht.«

»Der ist mit dem Messer auf mich losgegangen, als ich was wegen der Frau in Watertown gesagt habe.«

»Was für eine Frau?«

»Er hat eine schwanger gemacht in Watertown.«

»Wen?«

»Luise Hahn.«

»Die Schneiderin?«

»Ja.« Joachim sah Clara flehend an. »Komm, lass uns fortgehen von hier!«

»Um meine Tochter von einem Mörder großziehen zu lassen?«

»Aber ich habe mich doch nur gewehrt!«

Clara hielt noch immer den Revolver auf Joachim gerichtet. Ihre Hand zitterte, aber ihre Stimme klang fest: »Denkst du wirklich, dass ich mit dir leben kann? Was glaubst du denn, warum ich mit Karl nach Amerika gegangen bin?«

»Clara, bitte!« Joachim versuchte aufzustehen. An der Tür rüttelte es. Das musste Hans sein.

Clara schloss die Augen und drückte ab. Zwei Sekunden später hörte sie Joachim auf den Boden stürzen.

Im nächsten Augenblick war Hans in der Hütte. Er sah den toten Joachim und starrte Clara an. »Was ist passiert? Ich habe einen Schuss gehört und bin gleich losgelaufen.«

»Er hat mich mit der Mistgabel angegriffen.«

Sie band sich das Kopftuch wieder um und verließ die Hütte. Jetzt musste sie sich noch um Georg Block und seinen Handlanger Adam Olney kümmern.

Fortsetzung folgt …

Erntezeit

6. September 1883

Friedrich Kumlien begriff erst einige Sekunden nach dem Vorbeifahren, was sein Blick da soeben gestreift hatte. Er brachte die Pferde zum Stehen, stieg langsam vom Kutschbock und näherte sich vorsichtig dem blutüberströmten Mann, der neben einem Einspänner am Wegesrand lag, auf dem Rücken, alle Glieder von sich gestreckt. Der kahle Kopf des schwergewichtigen Mannes fiel etwas zur Seite. Friedrich Kumlien erkannte den Toten nicht gleich. Er war furchtbar entstellt, da ihm offenbar mitten ins Gesicht geschossen worden war.

»Um Gottes willen«, murmelte der alte Bauer, der

jetzt am späten Nachmittag noch eine Wagenladung Weizen nach Watertown bringen wollte, als ihm bei genauem Hinsehen klar wurde, wer da vor ihm lag. Er schaute sich ängstlich um. Weit und breit war niemand zu sehen. Nur erntereife Weizenfelder unter blauem Himmel, der ausgefahrene Weg und die Leiche des Neufelder Bürgermeisters Georg Block.

Friedrich Kumlien wusste nicht, was er tun sollte. Nach Watertown waren es noch etwa zwei Meilen. Sollte er dort hinfahren und dem Sheriff Bescheid sagen oder würde es besser sein, hier zu warten, bis jemand vorbeikam?

Nachdem er einige Minuten ratlos vor der Leiche gestanden hatte, kümmerte er sich um das Pferd des Toten. Der graue Hengst war bemerkenswert ruhig. Friedrich Kumlien fand einen Futtersack unter dem Sitz und hängte ihn dem Pferd um. Anschließend ging er zu seinem Wagen, stieg auf den Bock und blickte auf dem meilenlangen, schnurgeraden Weg in beide Richtungen, in der Hoffnung ein Fuhrwerk zu sehen. Es war Erntezeit und da mussten viele Bauern mehrmals in der Woche nach Watertown, um ihr Getreide abzuliefern.

Nichts. Er setzte sich auf den Bock und trank einen Schluck Wasser. Die Hitze flimmerte über den Feldern, die Pferde schnauften. Der Wind wehte kräftig und verschaffte dennoch kaum Abkühlung.

»Ausgerechnet ich muss den finden«, murmelte der Bauer, der die ersten sechzig Jahre seines Lebens auf einem Gut in Pommern geschuftet hatte und nun hier bei seinem Sohn lebte. »Das konnte ja nicht gut gehen, der hat sich doch überall Feinde gemacht.« Er stieg wieder ab und lief unschlüssig zwischen der Leiche und seinem Wagen hin und her.

Nach schier endlosen Minuten sah er schließlich ein Fuhrwerk von Westen her kommen. Er wartete zunächst ungeduldig, ging dann aber dem Wagen ein wenig entgegen. Heftig gestikulierend rief er so laut er konnte: »Hier liegt ein Toter!«

Der Mann auf dem Wagen, Anfang Fünfzig, untersetzt, mit von der Hitze gerötetem Kopf, sah den aufgeregten, alten Mann verständnislos an, brachte seine Pferde jedoch zum Stehen, als er ihn erreicht hatte.

Friedrich Kumlien kommandierte: »Steig ab, ich zeig dir, wo er liegt!«

Der ihm unbekannte Mann kam schnaufend mit zum Fundort. Er starrte auf den Leichnam. »Ist das nicht Georg Block?«

Der alte Bauer nickte. »Sieht ganz so aus.«

»Ich hole den Sheriff.« Dem keuchenden Mann waren Schweißperlen auf die Stirn getreten. Er lief schweren Schrittes zurück zu seinem voll beladenen Fuhrwerk, kletterte auf den Bock und trieb die Pferde an.

»Beeil dich! Ich muss auch noch Weizen wegbringen«, rief ihm Friedrich Kumlien hinterher. Er stieg ebenfalls wieder auf seinen Wagen und war froh, dass jemand vorbei gekommen war. Jetzt musste er nur noch warten, bis der Sheriff eintrifft. Er machte es sich auf dem Bock so bequem wie möglich und nickte unter der Vorfreude auf einen Becher Kaffee in Watertown allmählich ein.

Eine Weile später, die Sonne stand schon etwas tiefer, wurde er aus dem Schlaf gerissen. Jack Hunhoff rüttelte ihn leicht am Arm. »Herr Kumlien? Erinnern Sie sich an mich? Ich bin Sheriff Hunhoff.«

Friedrich Kumlien schreckte hoch und erkannte den Sheriff nach einigen Augenblicken der Verwirrung. »Gut, dass Sie endlich hier sind. Ich muss doch den Weizen nach Watertown bringen.«

»Keine Sorge, Sie werden noch rechtzeitig hinkommen.« Der Sheriff half dem alten Mann, mit dem er sich vor längerer Zeit schon einmal unterhalten hatte, vom Wagen. »Sie haben Herrn Block gefunden?«

»Ja, habe ich.«

»Haben Sie sonst jemand gesehen?«

»Nein, nur den Kerl, der hier vorbeikam und Sie benachrichtigt hat.«

»Und auf dem Weg hierher, ist Ihnen da irgendwer begegnet?«

»Hier nicht. Aber früher, so auf halbem Wege.«

»Jemand, den Sie kannten?«

»Ja, Pfarrer Seidel aus Neufeld.«

»Der schon wieder«, murmelte Jack Hunhoff.

»Was?« Der alte Bauer sah ihn verwirrt an.

Der Sheriff hockte sich neben die Leiche. »Ach nichts. Sie können jetzt Ihr Getreide abliefern fahren. Ich kümmere mich um alles Weitere. Vielen Dank, dass Sie hier gewartet haben.«

Friedrich Kumlien nickte sichtbar erleichtert, stieg zurück auf seinen Wagen und machte sich auf den Weg.

Jack Hunhoff stand auf und sah ihm nach. Er zog ein Tuch aus der Hosentasche und wischte sich den Schweiß aus dem Gesicht. Georg Block ermordet. Das hatte ihm gerade noch gefehlt, so kurz vor der Wahl. Für Bill Schwarz, der auch Sheriff werden wollte, und dessen Schwiegervater, der die Zeitung in Watertown herausgab, würde es ein gefundenes Fressen sein, sollte er diesen Mord in den nächsten Wochen nicht aufklären. Die hielten ihm ja jetzt schon bei jeder Gelegenheit vor, dass er den Mörder von Christian Kaufmann vor zwei Jahren nicht gestellt hatte. Falls ihm das nun wieder passierte, konnte er seine Wiederwahl wohl vergessen. Es würde ihn gar nicht wundern, wenn ein Reporter der *Watertown News* hier in den nächsten Minuten auftauchte.

Der Sheriff wippte nervös auf den Zehenspitzen und folgte dabei dem starren Blick des Toten. War da nicht etwas im Weizen? Jack Hunhoff betrat das Feld erst zögerlich, beschleunigte dann aber seinen Schritt. Ja, da lag eine blonde Frau in blauem Kleid inmitten umgeknickter Halme. Er spürte sein Herz bis in die Schläfen schlagen. Die Frau lag auf dem Bauch und war, dem vielen Blut zwischen den Schultern nach zu urteilen, von hinten erschossen worden. Er kniete sich hin und drehte sie auf den Rücken.

»Auch das noch!«, flüsterte Jack Hunhoff. Er hatte die Frau sofort erkannt.

»Man erntet, was man sät«, der zweite Teil des Auswanderer-Krimis ist ab Oktober 2013 überall erhältlich, wo es Bücher gibt. ISBN 978-3-943176-61-2

Wir erinnern Sie!

Damit Sie keine Sekunde zu spät über das Erscheinen des zweiten Teils informiert werden, bieten wir Ihnen einen kostenlosen und unverbindlichen Erinnerungsservice an.

Melden Sie sich unter www.booquel.de/erinnerung mit Ihrem Namen und Ihrer E-Mail-Adresse an, dann schicken wir Ihnen eine Erinnerung, sobald der nächste Teil erscheint. Alternativ schicken Sie eine formlose E-Mail an erinnerung@booquel.de

Von Kai Blum ebenfalls erhältlich

Fettnäpfchenführer USA
Mittendurch und Drumherum
ISBN 978-3-943176-16-2

Mal ehrlich: Wie gut kennen Sie die USA denn nun wirklich? Klar, Sie haben schon zahllose amerikanische Filme gesehen, aber wissen Sie, welche Besonderheiten es beim Arztbesuch in den USA gibt, was Sie im Straßenverkehr beachten müssen, um nicht verhaftet zu werden, und welche Dinge Sie sagen und vor allem nicht sagen sollten? Kai Blums *Fettnäpfchenführer USA* ist ein unterhaltsamer Streifzug quer durch die US-amerikanische Gesellschaft.

»Selbst als erfahrener USA-Reisender werden Sie an dem Buch Gefallen finden.« *(usa-reise.de)*

Alltag in Amerika
Leben und Arbeiten in den USA
ISBN 978-3-943176-14-8

Auswanderung, berufliche Veränderungen, Studium, Schuljahr oder Au-Pair – warum auch immer Sie den Schritt über den Atlantik wagen, eines steht fest: Das Einleben in eine fremde Gesellschaft ist nie ganz einfach.

Mit *Alltag in Amerika* hat Kai Blum ein Standardwerk geschaffen.

»Für alle, die mit dem Gedanken spielen, eine Zeit lang in den USA zu leben, wird das Buch eine nützliche Vorbereitungslektüre und dann vor Ort ein treuer Ratgeber sein.« *(n-tv.de)*

CONBOOK VERLAG
www.conbook-verlag.de